Erschienen
im Jubiläumsjahr 2002
bei Klett-Cotta

Hugo Claus

DER SCHLAFWANDLER

Drei Geschichten

Aus dem Niederländischen
von Waltraud Hüsmert

KLETT-COTTA

DAS LETZTE BETT

Love, Love, my dear, to-day,
If the ship's in the bay,
If the bird has come your way
that sings on summer trees;
When his song faileth
And the ship saileth
No voice availeth
To call back these.

CHARLOTTE MEW (1919)

LIEBSTE Mama. Schon falsch. Noch einmal.

Liebe Mama. Hab ich nie zu ihr gesagt, auch nicht als Kind.

Nichts als Heuchelei, so ein Anfang. Vergiß es. Am liebsten würde ich das alte Heft durchs Zimmer pfeffern.

Noch einmal.

Mama. Richtig. Es gab eine Zeit, da wolltest Du, daß ich Dich Mutter nenne. Aber daran konnte ich mich nie gewöhnen.

Weil ich dann Vater hätte sagen müssen, und das wäre ein Witz gewesen. Mein eleganter, mürrischer Papa in seinem leicht zerknitterten, naturfarbenen Leinenanzug ein Vater? »Emily, willst du eine Ohrfeige?« Ich rief sofort: »Ja, Papa, ja.« Dann sein Schmunzeln. Und Du, Mutter, Du kehrtest wie so oft stirnrunzelnd Deine Würde hervor, Deine Rolle der in einigem Wohlstand lebenden Dame, unglücklich verheiratet mit einem englischen Ingenieur, weil Du mich erwartet und auch zur Welt gebracht hast, eine kleine Prinzessin, ich, Deine Emily.

Vielleicht sollte ich es einfach dabei bewenden lassen. Adieu, Mama, und basta.

Aber ich habe mir diesen elenden Auftrag gegeben.

Frag mich nicht, warum. Weil ich etwas hinterlassen will, ein vergiftetes Geschenk. Und da ich weder Freunde noch Verwandte habe, jedenfalls nicht von der Sorte, daß ich ihnen mein Lamento aufhalsen möchte, komme ich nach der ganzen Zeit auf Dich zurück. Nein, ich will Dich nicht in Frieden sterben lassen.

So wie Du mich nicht in Frieden hast leben lassen.

Vor zwei Jahren habe ich Dir zum Geburtstag ein Buch geschickt. Ich habe es vom Buchhändler verpacken und versenden lassen. Ohne Widmung, ohne Absender, ohne ein Lebenszeichen. Einen Monat später bekamst Du die Gehirnblutung und mußtest ins Krankenhaus. Die Kraft des Wortes.

Das Buch war nicht gerade berauschend, aber durchaus passend. Es handelt von dem schaudererregenden Verhältnis zwischen Joan Crawford und ihrer Tochter. Von Dir und mir.

Mommy dearest lautet der Titel. Auf dem Umschlag ist das Foto aus dem Western *Johnny Guitar*, dasselbe wie auf dem Plakat, das in meinem Zimmer hing. Mit Klebeband befestigt. Nur keine Reißzwecken. Kein Loch in meiner Ikone. Hast Du das längst vergessen? Ich bildete mir ein, Joan Crawford ein wenig zu ähneln, vor allem jedoch, daß sie meine Freundin wäre. Ich küßte das Plakat, das verschlossene Gesicht mit den markanten Wangenknochen, den dichten Augenbrauen, den scharlachrot geschminkten, vollen Lippen.

»Die hat ja weder Po noch Busen«, sagtest Du in jener Zeit höhnisch.

»Ein Brett«, sagtest Du in jener Zeit, als Du über mich herrschtest.

Ich wollte ein Brett sein. Es ist mir nicht gelungen, denn ich habe Deinen Körperbau, das Üppige, Wogende.

Das Plakat verschwand, als ich hörte, daß Joan Crawford durch ihre Hochzeit Mrs. Pepsi-Cola geworden war. Über Geld rümpften wir die Nase in jenen orthodoxen Jahren.

Jetzt kann ich Dir ruhig gestehen, daß ich ab und zu ins Krankenhaus gekommen bin. Mevrouw Vincent, die Stationsschwester, hält mich über Deinen Zustand auf dem laufenden. Wir kommen prima miteinander aus. Sie versteht, behauptet sie, daß ich Dich nicht sehen möchte, sie hatte auch ständig Streit mit ihrer Mutter. Sie behauptet außerdem, Du hieltest die Ärzte und Schwestern zum Narren und wärst bei weitem nicht so abwesend, wie Du Dich stellst. »Sie hat die Augen geschlossen, aber sie belauscht uns«, hat Mevrouw Vincent gesagt.

»Das wundert mich gar nicht«, habe ich erwidert.

Ich sehe vor mir, wie Du diesen Brief jetzt liest. Hast Du Dich erschrocken, als Du ihn bekamst? Hast Du nach Atem gerungen mit den Schläuchen im Gesicht? Ich habe mich von meinen häßlichen, schlaffen Buchstaben verabschiedet. Es ist – siehst Du das? – die Handschrift von jemand anders, von jemandem, den Du nicht kennst. Und weil Du das Personal dort zum besten hältst, versteckst Du den Brief unterm Kopfkissen, aber eine Krankenschwester merkt es und nimmt den dicken Umschlag, und mit einem überraschenden, geschmeidigen, kraftvollen Sprung reißt Du ihr das Kuvert aus der Hand und stopfst es Dir in den Mund. Du beginnst zu kauen, Dein Mund ist zu trocken, aber Du zerbeißt den Brief weiter. Die Schwestern halten Dir die Nase zu, und Du spuckst Fetzen beschriebenen Papiers aus.

»Meist können wir nicht verstehen, was sie schreit«, hat Mevrouw Vincent gesagt, »aber Ihren Namen schon.«

»Wie oft?«

»Sehr oft.«

Ich habe auch mit der Möglichkeit gerechnet, daß Du nicht lesen kannst, daß Du blind bist. Aber das hätte Mevrouw Vincent mir erzählt. Denke ich jedenfalls.

Hast Du noch Haare? Als ich noch bei Dir wohnte, wurden sie bereits dünner. Der helle Fleck oben auf Deinem Kopf, den Du ungeschickt färbtest. Für einen Gang zum Friseur warst Du zu geizig. Immer noch?

Du schreist meinen Namen. Ich weiß, Du verfluchst mich. Dein seit Monaten ungeschminkter, sabbernder Mund winselt nach Buße, nach Strafe. Auch das ist mein Erbe.

In der Zeit, bevor ich von Dir wegging, oder besser: in der Zeit, als Du mich aus dem Haus jagtest, hast Du nie geschrien. Das macht eine Dame nicht. Und vor allem nicht eine Dame, deren Benehmen sich an dem der introvertierten Sauertöpfe mit Hermès-Tüchern orientiert, welche die englischen Romane bevölkern, auf die Du so standest, Witwen oder im Stich gelassene Kunsthistorikerinnen, die in einer Pension am Lago Maggiore einem kultivierten

Wahnsinn verfallen, weil ein behaarter Winzer sie vergewaltigen oder nicht vergewaltigen will.

Lebst Du immer noch in dieser heimlichen Traumwelt? Zeigst Du den fröhlichen Schwestern auch dann Dein würdevolles Lächeln, wenn sie Dir die Bettpfanne reichen?

Wie Du Anna Deine eiskalte Hand gereicht hast, damals, beim ersten Mal. Du trugst Deinen Cashmere-Cardigan und Anna ihr Hängerkleid aus schwarzem Crêpe de Chine. Von dieser ersten Minute an Rivalinnen, Erzfeindinnen. Es ging um mich.

Das erste Mal. Anna rief vergnügt: »Hach, ich seh schrecklich aus, Mevrouw Hopkins. Wir haben bis in den Morgen getanzt.«

»Du auch, Emily?«

»Ich auch, Mama.«

»Wo?«

»Im *Monocle*«, sagte ich.

»Das dachte ich mir schon«, sagtest Du *prim*. Du hast die Nase gerümpft. Du hast unsere Liebe gerochen. Du hast gesehen, daß ich glücklich war, und konntest es nicht ertragen. Du hast geschnaubt und gelächelt. Ich sah, wie Du das Schlachtermesser bereithieltest.

Später im Gespräch sagtest Du in einem ebenso unerträglichen, mitleidheischenden Ton, wie schade Du es fändest, daß ich meine Karierre so vernachlässigen würde.

»Ich habe kein Talent, Mama.«

»Was dir fehlt, ist nicht das Talent. Das hast du, von mir und von deinem Vater. Was dir fehlt, ist Disziplin, Konzentration.«

»Und Willenskraft«, sagte ich. Anna mußte sich beherrschen, um nicht loszuprusten.

»Fall mir nicht ins Wort, Emily.« Das sagtest Du schon, als ich zwölf war.

Aber ich will mich in der Zeit, die mir noch bleibt, nicht mehr um Dich kümmern. Weg mit Dir.

Was für ein blödsinniges Briefpapier hat das Hotel *Luxor,* mit dieser hellblauen Sphinx in Reliefdruck, ein Abbild von der, die wie ein Bernhardiner am Eingang neben der Treppe liegt. Schräge Buchstaben, die überhaupt nicht dazu passen. Ich weigere mich, meinen Abschiedsbrief auf solches Papier zu schreiben. Und aus meinem Heft reiße ich auch kein Blatt heraus. Dann eben kein Abschiedsbrief.

Wir haben eine Suite gemietet. Im kleinen Wohnraum mit den drei Gravüren, auf denen im Profil dargestellte Ägypter um einen Obelisken tanzen, sitze ich auf einem staubigen Sofa mit dem Rücken zum Meeresblick. Anna liegt im Schlafraum nebenan auf dem Doppelbett.

Wir waren hier schon einmal, Anna und ich. Nicht in diesem Hotel, aber in der Stadt. Ein Betriebsausflug mit dem Minibus, vollbesetzt mit Lehrern und Schulpersonal. Schlüpfrige Witze, der Seewind, Muscheln mit Pommes frites, Schülerfahrt. Der Geographielehrer stelzte mit hochgekrempelten Hosenbeinen ins Wasser. Wie auf einer Ansichtskarte vom Anfang dieses Jahrhunderts. Als ihn eine Welle umwarf, brüllte die ganze Schule vor Lachen. Wir auch.

Wir saßen nebeneinander auf der Terrasse. Die Lehrer und das Personal (darunter Annas Mutter) ahnten etwas, spekulierten. Annas Mutter wußte Bescheid. Sie verlangte keine Erklärung, als wir sagten, wir wollten nicht mit dem Bus zurückfahren.

Wir logierten in einem kleinen, bescheidenen Hotel. Wir saßen auf dem Balkon. Das Meer hier wurde oft besungen. Das Licht des Nordens, die Schaumkronen, die Bleifarbe des Wassers in der Ferne. Das Meer ist das Sinnbild des Lebens, heißt es. Mir kann es gestohlen bleiben.

Das Bett hatte eine tiefe Kuhle, wir lagen aneinandergeschmiegt in der Hitze. Als Anna eingeschlafen war, stand ich auf und legte mich auf den rauhen Sisalteppich, in den plattgetretene Käfer und Motten und Bonbonpapiere gepreßt waren. Ich horchte auf ihren Atem, begleitet vom Tosen der Brandung, dem Gröhlen der Touristen, den hupenden Autos, dem nahen Sirren von Stechmücken.

(Dann und wann höre ich nun ein Röcheln aus dem Schlafraum. Anna raucht zu viel. Belga.)

Heute morgen, als wir im Hotel ankamen, hatte sie bereits sechs Zigaretten geraucht. »Wenn ich's jetzt nicht darf, wann denn sonst«, sagte sie. Heute morgen sind wir an dem schäbigen Hotel vorbeigegangen. Nichts hatte sich verändert. Die Fassade mit kanariengelben Kacheln und königsblauen Fensterläden, ein Schild mit Buchstaben in Frakturschrift: *Flandria.*

Ich will nicht, daß Du das hier liest. Ich schreibe es nicht, um Dich zu ärgern oder zu rühren, nicht, um Dir eine Erklärung für das Geschehene zu liefern, nicht, um die Distanz zwischen Dir und uns zu verringern.

Warum dann überhaupt? Um die Zeit totzuschlagen. Seltsame Redensart. In unserem Fall allerdings passend.

Ich werde Dir eine Ansichtskarte schicken. Unten an der Rezeption kann man welche kaufen. Falls ich noch Zeit dazu habe.

Natürlich, Mädchen. Für einen kleinen Scherz ist immer Zeit.

»Allerliebste Mutter. Es ist hier warm und schön, und dasselbe hoffe ich für Dich. Deine Emily.« Und in der heillos unleserlichen Handschrift meiner Braut: »Warum mochten Sie mich nicht leiden? Anna Buckinx (die Sie trotzdem gern hat.)«

Ich werde nicht mehr von Dir reden. Aber ich kann nichts dagegen tun, vage Bilder schieben sich voreinander und werden transparent. Ich kann sie nicht verscheuchen. Mein Papa zum Beispiel im Obstgarten und im Hintergrund unsere Villa in Hooglede. Aus einem Grund, den ich nicht wissen kann, aber den Du selbstverständlich kennst, steht er breit grinsend da – die Hände in die Seiten gestemmt, die Stirn gefurcht, mit einer unerquicklichen Grimasse. Er hat keine Haare, einen glatten, makellosen Schädel, und, halt Dich fest, Mama, er trägt Knickerbockers. Natürlich trug er nie und nimmer Knickerbockers. Er spielte nicht Golf.

Superimposed erscheinst Du in einem langen Wikkelrock aus Gabardine mit Gürtel. Mit offenem Mund, wie Du Dich im Leben nie zeigen würdest.

Im Bann von etwas Schrecklichem, Grauenvollem, und ich will wissen, was es ist, in welcher Form sich dieses Böse offenbart. Die Kamera schwenkt und erfaßt einen liegenden Mann ohne Gesicht. (Es wurde ihm weggerissen.) Das Blut strömt ihm über die Knie in Knickerbockers. Geknickt wie eine Marionette, wird der Mann von Umstehenden aufgehoben.

Regen prasselt auf die Motorhaube des Mordautos, von dem Dampf aufsteigt. Der Mörder sitzt betrunken oder bewußtlos hinterm Steuer. Die Scheibenwischer ticken.

Das Opfer, *my darling Daddy*, liegt im Gras, neben seiner karierten Tweedmütze. Seine Krawatte mit den Farben einer englischen Schule ist zerrissen.

Ich habe eine von Annas starken Zigaretten geraucht. Nach drei Zügen mußte ich husten, und das, obwohl ich mehr als tausend Joints geraucht habe.

Apropos, einer der Gründe, warum ich Dich nach der ganzen Zeit über das, was geschehen ist, in extremis informieren möchte, könnte meine Neugierde nach dem Stand unseres Familienvermögens sein. Diese Neugierde kann selbstverständlich nicht befriedigt werden, aber ich tue dennoch so, als säßest Du mir gegenüber und könntest antworten. Wie ist es um Dein Geld bestellt, was ist noch davon übrig, wen hast Du in Deinem Testament bedacht, wen, so wie mich, ausgeschlossen? Du weißt bis auf hundert Franc genau, was Du besitzt, was Du ausgegeben hast. Du willst nicht verstehen, warum ich das für einen vulgären Zug halte.

Nein, nicht vulgär, kleinbürgerlich.

Ich muß aufhören, Fragen zu stellen.

Weißt Du noch, wie ich eines Tages nach Hause gekommen bin, noch ganz außer mir vor Freude, weil ich auf einer Auktion ein Gemälde ersteigert hatte, eine Landschaft aus pseudoexpressionistischen Klecksen, reifes Korn, sonnenüberflutet, gelb und ocker und golden, und wie Du damals schulterzuckend gesagt hast: »Das wird um keinen Cent im Wert steigen.« Und das schlimmste ist, daß Du auch noch recht behalten hast, denn der unwissende, unkundige Maler hatte im Schaffensrausch Kadmiumgelb mit seinem Palettenmesser auf die Leinwand gespachtelt, die Ölfarbe oxydierte, wurde braun, dann schwarz, zum Schluß pechschwarz und rissig.

»Siehst du?« hast Du triumphierend gerufen. »Hab ich's nicht gleich gesagt?« Und ich wurde wieder mal verhöhnt, verraten. *Story of my life.*

So, offenbar rufst Du manchmal meinen Namen, oder auch: »Wo ist Emily?« Na, wo ist, wo bleibt Emily? Dein einziges Kind, Dein entflohenes Kind? Versteckt sie sich im Winter zwischen den Reihen der Mäntel, die, fast alle dunkelblau und aus Wolle, der eine oder andere auch aus Kaschmir, in der Garderobe des Hotels *Luxor* hängen?

(An der Rezeption erfuhr ich, daß hier ein Gerichtsvollzieher-Kongreß tagt.)

Oder liegt Emily irgendwo in der Schweiz erfroren zwischen den beschneiten Rhododendren? Vielleicht steht sie in einem schottischen Schloß vor dem brennenden Kamin, Zigarettenspitze im Mundwinkel, nippt an einem Bourbon und flirtet mit einem Pferdezüchter?

Nippen? Ich habe noch nie genippt.

Mein Kugelschreiber ist leer.

Ich war kurz in der Stadt. Der Geschäftsführer in der Halle grüßte mich zögernd, erstaunt. Es würde aufklaren, sagte er. Ich erschrak kurz, einen Moment lang verstand ich »aufklären« und dachte, ein Verbrechen würde aufgeklärt. Ich weiß immer noch nicht, was er gemeint hat. Die Sonne scheint über dem lärmenden Strand, der palavernden Promenade, den krebsrot verbrannten Touristen, der herzerschütternd falsch trötenden Kapelle auf der Konzertbühne, dem brütenden Meer. Die meisten Leute schauen mich verwundert an.

Ich kann auch *nicht* zurückkehren, dachte ich, das Hotel und Anna zurücklassen. Einfach weitergehen zum Bahnhof. Ohne Gepäck, ohne Vergangenheit, ohne Liebe in einen Zug einsteigen. Wohin?

Ins leere Abteil – der ganze Zug ist leer – steigen zwei Frauen ein und setzen sich auf die Plätze mir gegenüber. Die Ältere mit sehr kurz geschnittenem Haar ist Polizistin; sie ist an ein scheues, strohblondes Mädchen mit dunklen Ringen um die Augen gefesselt. Beide schwitzen. Die Polizistin tut so, als sähe sie mich nicht. Das Mädchen hingegen schaut mich flehend an. Ohne den Blick abzuwenden, leise brummend, legt die Polizistin den Schlagstock auf ihre Knie. Wir sind alle drei erhitzt durch die flimmernde, nach Tabak riechende, stickige Luft des Abteils. Die

Polizistin, noch immer im Bann der vorbeisausenden Landschaft, schnarcht. Dann erst merke ich, daß sie mich die ganze Zeit in der Fensterscheibe angestarrt hat und daß sie schnarchend lächelt, mehr über das, was uns drei, als das, was nur mich erwartet.

Ich erwidere ihren Blick. Die Polizistin und ihr Spiegelbild nehmen den schwarzen, mattledernen Knüppel und tippen mir damit auf den Oberschenkel. Ich drücke langsam die Knie auseinander. Das blonde Mädchen mit dem elenden Gesicht starrt mich an und kratzt sich mit der freien Hand zwischen den Beinen. Ich ziehe meinen Rock hoch. Mein Unterleib wiegt sich mit dem Zug.

Das, liebe Mami, ging Deiner Tochter durch den Kopf, als in der Ferne der Bahnhofsturm aus dem neunzehnten Jahrhundert in Sicht kam und sie den Weg zurück zum Hotel und zu ihrer großen Liebe nahm.

Das Mädchen an der Kasse des Schreibwarenladens in der überfüllten Einkaufsstraße hatte eine drollige Stupsnase und Sommersprossen. Als sie mich sah, lächelte sie.

»Sind Sie auf dem Kriegspfad?« fragte sie.

»Immer«, sagte ich.

»Das hör ich gern!« rief sie.

Ich kaufte drei Stabilo-Stylist-Feinschreiber mit Pigmenttinte.

Was habe ich vor? Eine Trilogie?

Anschließend ließ ich mich auf der Terrasse von *De Gouden Eeuw* nieder, mit meiner Henkersmahlzeit, einer Tüte Pommes frites mit doppelter Portion Mayonnaise und einem Glas Hoegaarden-Weißbier. Als ich die Hälfte gegessen hatte und mich auf das Lekkerste vorbereitete, das noch kommen würde, das unterste in der Spitztüte, die knusprigen dunklen Bröckchen mit den Mayoklecksen, überkam mich eine allumfassende Melancholie. Und so etwas wie Reue. Ich habe wenig Talent zur Reue, aber diesmal fühlte ich mich schuldig, weil ich hier allein auf der Terrasse saß, weil ich Anna im Schlafraum zurückgelassen hatte. Es war *unfair*. Ich warf die Tüte in den Wassergraben neben meinem Stuhl. Ein arabischer Kellner, der gerade im Begriff war, mit einer silbernen Speiseglocke wie mit einer Opfergabe in der Drehtür zu verschwinden, sah mich erschrocken und in leichter Panik an. Ich lächelte ihm zu, er stemmte sich krampfhaft gegen die Drehtür.

Als ich mir die Nase puderte, sah ich im kleinen Spiegel die drei parallelen, blutroten Streifen Lippenstift auf meinen Wangen. Unser Kriegszeichen, hatte Anna gesagt, als sie die Streifen anbrachte. So gut es ging, rieb ich unsere Kriegsbemalung mit einer Papierserviette und einem Rest Bier weg. Mein Gesicht blieb rosa, ängstlich.

Warum? Die Zukunft sah so rosig aus wie nie zuvor. Meine einzige Sorge war Anna. Was uns passieren konnte, ist passiert. Was kann mir, uns, noch geschehen?

Du hättest uns sehen sollen, wie wir unser Geld auf den Küchentisch legten, wir hatten alles zusammengekratzt, die Scheine geglättet, in eine Reihe gelegt, die verschiedenen Farben, englisches, französisches, niederländisches Geld.

»Mehr als ich dachte!« rief Anna vergnügt und fing an zu rechnen: zwei Eisenbahnfahrkarten einfache Fahrt, das Hotel, zweimal Abendessen, eine Stange Belga. »Und einen Beutel Süßkram. Einen ganzen Beutel Mars, Bounty, saure Schnüre, Marshmellows.« Sie war richtig ausgelassen. Ich konnte es nicht mitansehen.

Auf dem Rückweg wurde mir übel. Vielleicht, weil ich den Gedanken nicht ertragen konnte, daß ich das Hotel *Luxor*, unsere Suite, nicht mehr verlassen würde. Was idiotisch war, denn die Absicht, der Plan, der Sinn des Ganzen war, daß ich, daß wir das Hotel nicht mehr verlassen würden. Ich setzte mich in den Schatten des Denkmals für die umgekommenen Fischer, ein mehr als lebensgroßer Jüngling – unübersehbar ein Fischer, denn er hält ein rostiges Fischnetz in der Hand –, der mit Augäpfeln aus Zement aufs Meer hinausspäht. In einer anderen Zeit, in einem anderen Land hätte man dieses läppische Sinnbild aus Beton in die Luft gejagt. Wäre ich ein Kind meiner Zeit gewesen, hätte ich dabei mitgeholfen. Obschon ... Meine Genossen mit den Haßkappen geben mir den tödlichen Teig, ich gehe zehn Schritte in die Nacht hinein und stolpere. Bilanz: beide Hände abgerissen. Adieu Klavier, Konzerte.

Auf der anderen Straßenseite kommen ein paar Männer angeschlendert. Sie sind um die vierzig und tragen Dreiteiler, ein exotischer Anblick zwischen den Touristen in grellfarbenen Shorts und T-Shirts. Banker? Sie sind zu sechst, sie schreiten wie hinter einem Sarg. Einem kleinen Sarg, für einen Zwerg. Für einen kleinen Jungen.

Dann entdecke ich, daß sie lila-weiße, grob gestrickte Schals tragen. Fans. Von welchem Sport? Einem Sport ohne Hooligans. Schachspieler?

Ich stehe auf und folge der Gruppe. Ich trotte mit. Meine Füße schaffen es nur mit Mühe. So müde. Ist Trauer immer so unerklärlich ermüdend?

Als die Gruppe schließlich plaudernd und scherzend das Hotel *Luxor* erreicht, mit mir in zehn Metern Abstand, erwartet sie ein älterer Mann, ein sehr alter Mann, und begrüßt sie mit übertriebener Fröhlichkeit.

Weil ich jemand bin, der *accident-prone* ist, der die Katastrophen sucht, gehe ich wider besseres Wissen mit lächerlich langsamen, schmerzhaften Schritten zu ihnen hin. Sie stehen im Halbkreis um den uralten Witzbold, und was zu erwarten war, was ich heraufbeschworen habe, geschieht. Der Alte in einem grasgrünen Nylon-Blouson reißt die blutunterlaufenen Augen auf, er zeigt das starre Grinsen eines Totengräbers. (*By the way*, Mama, ich war inzwischen eine Zeitlang verlobt, mit einem sieben Jahre jüngeren Totengräber mit Platinhaar und Pferdeschwanz) (falls es Dich interessiert, er hieß Jean-Marie. Und er hat mich geliebt) (»Insoweit das möglich ist«, grummelst Du jetzt.)

Mir fällt nun auf, daß die Herren jünger sind, als ich geschätzt hatte. Durch die Dreiteiler habe ich mich täuschen lassen.

»Was für eine Überraschung«, sagt der Alte. »Ist denn das die Möglichkeit? Nein, wirklich. Da muß ich erst hierher kommen, damit ich das Vergnügen habe, Sie zu ...« Er sucht nach Worten, schaut die jungen, gebräunten, desinteressierten Männer entschuldigend an.

»Begrüßen?« sage ich.

»Richtig, begrüßen«, sagt er. »Mevrouw ...«

»Juffrouw«, sage ich.

»Ach ja, natürlich«, sagt er.

»Emily Hopkins«, sage ich.

»Richtig, Hodgkin«, sagt er.

»Dürfte ich bitte mal vorbei?«

»Warten Sie. Wenn Sie mir einen großen Gefallen tun wollen ... Ich muß nur mit den Jungs hier einen Interviewtermin verabreden ... Ich bin gleich bereit.«

»Wofür?«

Die Gruppe, die »Jungs«, wird ungeduldig.

»Erkennen Sie mich denn nicht wieder?«

»Nein«, sage ich. »Nie gesehen, nie gehört.«

»Jan van Eyck«, sagt er. »Ich habe damals für das *Nieuwsblad van de Kust* gearbeitet. Ich wollte Sie für unsere Zeitung interviewen, aber Sie wollten nicht.« Er bricht in schrilles Lachen aus.

»Und als Michiels von *Het Volk* mit Ihnen reden wollte, haben Sie ihm zugerufen, ich will auf der Stelle tot umfallen, wenn das nicht wahr ist, ›Hau ab, fieser Fettsack‹.« Sein Lachen klingt boshaft, anstekkend, die Umstehenden feixen. Ich halte es nicht aus. Wardje, unser Wardje, hatte tödliche Angst vor Leuten, die laut lachten.

Ich wollte nicht zurück in unsere verdammte Suite. Nicht sofort. Deshalb hörte ich van Eyck mit glasigem Blick zu. »Ich respektiere Ihr Inkognito«, sagte er. »Ich habe übrigens sehr großen Respekt davor, wie Sie und Ihre Freundin das Unglück bewältigt haben.« Währenddessen lotste er mich zur Bar. Er mußte die »Jungs« paarweise im Hotelgarten interviewen. Die »Jungs« waren Gerichtsvollzieher, die eine Protestversammlung abhielten.

Ich trank drei Martini. Im Garten spielte jemand etwas Südamerikanisches auf einer Mundharmonika. Kein Toots Thielemans.

»Sie werden unsere Kampagne doch unterstützen?« fragte einer der Gerichtsvollzieher.

Ein anderer sagte: »Wir haben unsere Frauen zu Hause gelassen.«

»In den Keller gesperrt«, rief ein dritter.

Sie waren dabei, sich zu betrinken. Eindeutige Blicke, triumphierendes Grinsen.

»Was habe ich Ihnen getan?« fragte ein Dickwanst mit weißen Flecken auf dem Mantel, Sperma, Milch, Klebstoff. »Sie schauen mich so grimmig an.«

»Alles«, sagte ich.

»Jeroom, laß das Weib doch links liegen!«

»Ich laß Frauen immer links liegen. Bevor ich mich drauflege.«

»Los, Süße, hopp. Ein Conga! Oder ist es ein Mambo?«

»Jeroom, laß das Weib in Ruhe.«

»Redest du von mir? Das Weib, meinst du damit mich?« schnaubte ich. Niemand antwortete.

»Bei uns herrscht Frauenmangel.«

»Im Irak gibt's zu viele.«

Es war, als hätte ich nichts gesagt. Alle schwatzten durcheinander.

»Jungs, es wird Zeit.«

»Noch einen. *For the road.*«

Ich trank noch einen Martini. Zu viel Wermut. Diabetes. *Who cares?*

Der Gerichtsvollzieher, der mich als *das Weib* bezeichnet hatte, war spindeldürr. »Sie haben ein besonderes Gesicht«, sagte er.

»Hat jemals jemand ein allgemeines Gesicht?«

»Die Chinesen«, sagte er. »Behaupten Sie nicht, Sie könnten sie auseinanderhalten.«

Die Mundharmonika versuchte, *Bluesette* zu spielen. Wahrscheinlich ein schmaler, tapferer Junge. Wardje.

»Welches Sternzeichen haben Sie? Nein, sagen Sie's nicht. Skorpion!«

Am liebsten hätte ich ihm einen Dildo in den Schlund gerammt. Unseren, den stromlinienförmigen aus Aluminium, den Anna in Zeitungspapier gewickelt in unseren letzten Müllsack gestopft hatte.

Van Eyck erlöste mich. Er sagte etwas. Er log. Kein Laut kam aus seinem Mund, einem schiefen, schmallippigen Schildkrötenmaul. Er ergriff meinen Ellbogen. Ich stand auf und sagte zu dem Kellner, der van Eyck und mich schon seit einer Weile belauerte, er solle die Getränke auf die Rechnung unserer Suite setzen. »Schreiben Sie zwanzig Prozent Trinkgeld dazu«, sagte ich. Immer Zeit für einen kleinen Scherz.

Dann saßen van Eyck und ich uns auf Korbstühlen gegenüber, in einer Veranda mit Bleiglasfenstern, zwischen Palmen und vor einem Fresko mit im Profil dargestellten Ägyptern, die Schalen als Opfergaben für eine Sphinx trugen, welche im Licht der untergehenden Sonne einem riesigen Block Himbeereis glich.

»Schönheit«, sagte van Eyck, »wer hat Ihnen die Haare gefärbt?«

»Der Frisör.«

»Dann ist Ihr Frisör sehr schlampig.«

»Kümmern Sie sich um Ihre eigenen Angelegenheiten.«

»Sie haben einen ganzen Streifen Farbe im Haar.«

Ich faßte mir an den Kopf. Kostete an meinen Fingerspitzen.

»Ich bin irgendwo angestoßen«, sagte ich. »Scheißhotel.«

»Zwei Sterne«, sagte er.

Er atmete tief und schnell.

»Ich habe Sie gleich wiedererkannt. Sofort. In Sekundenschnelle. Meine Augen sind noch tiptop. Obwohl Sie sich mächtig verändert haben. Nicht zu Ihrem Vorteil, muß ich leider sagen. Die Zeit hat auch Sie nicht geschont.«

»Besten Dank.«

»In meinem Alter verliert man keine Zeit mit Lügen. Damit hätten Sie nicht gerechnet, was, daß Ihnen der alte van Eyck noch mal über den Weg laufen würde? Van Eyck mag zwar nicht mehr der Fitteste sein, aber er hat sie noch alle beisammen.«

Von neuem erklang das schmetternde Lachen, das Wardje immer erschreckt hatte.

Ich streckte ihm die Zunge heraus. So etwas habe ich ewig nicht mehr gemacht.

»Böses Mädchen«, sagte er. »Hören Sie zu. Jetzt

mal ernsthaft. Wir können miteinander ins Geschäft kommen. Hören Sie mir zu oder nicht? Wir bringen Sie in die Presse wie eine Sektprinzessin. Wir rühren die ganze Geschichte wieder auf. Bis zum letzten. In Ihren eigenen Worten. Sie können den Text vorher lesen. Was Ihnen nicht gefällt, wird gestrichen. Stante pede. Ich sorge dafür, daß es auf die Titelseite vom *Nieuwsblad van de Kust* kommt. Van Eyck ist dort noch nicht vergessen. Die Leute haben euch beide auch noch nicht vergessen. Dann Radio Brüssel. Und im Fernsehen. *Zur Sache, Panorama, Hinz und Kunz*.«

»Bis zum letzten«, sagte ich.

»Aber dazu brauchen wir selbstverständlich auch Ihre Freundin. Ist sie noch Ihre Freundin? In euren Kreisen wechselt man ja ziemlich oft den Partner, oder? Wie hieß sie gleich?«

»Das geht Sie nichts an«, sagte ich. Ich rieb mit dem Zeigefinger über den nassen Fleck an meinem Kopf. Leckte dann am Finger.

»Wissen Sie was? Schlafen Sie eine Nacht darüber.«

Ich spürte, daß ich einen Lachkrampf bekam.

»Morgen um neun in der Bar«, sagte er. »Es wird Ihr Schaden nicht sein. Wie hoch das Honorar ist, kann ich noch nicht sagen. Aber das lassen Sie nur van Eyck regeln.«

»Ich werde eine Nacht drüber schlafen«, sagte ich. Ich brachte ein rasselndes, gurgelndes Lachen hervor, das nicht wie seines klang, aber ebenso abstoßend war, ebenso beunruhigend für einen kleinen Jungen.

Der klapprige Fiat, den ich Anna gekauft hatte. Er rostete in der Scheune, die wir Garage nannten, vor sich hin. Wardje saß oft hinterm Steuer, imitierte perfekt das Brummen des verfluchten Autos, auch das Ticken, Klicken der Scheibenwischer.

Was ist das nur für eine Feigheit in mir, die mich davon abhält, in den Lift zur Etage unserer Suite zu steigen? Ich werde es nie analysieren, deuten, wie man heutzutage sagt. Ich bin nicht die Berichterstatterin meiner Seele. Ich hatte geglaubt, einen distanzierten Bericht von Annas und meiner »Affäre« schreiben zu können, wie sie entstand und wuchs und wie sie zerbrach. Jetzt nicht mehr. Oder doch? Nein, nie mehr.

Wie sie entstand. Einfach so. Wir haben einander gefunden, erkannt, vom ersten Tag an.

Wie sie wuchs. Echo sein. Mimikry. Anna übernahm Ausdrücke von mir, Ausrufe, Gesten. Mitten in ihren Dialektklängen glitzerten fremde Gegenstände, Wörter wie »dessenungeachtet« und »nichtsdestoweniger«. Statt »Verdammt noch mal« »Zum Donnerwetter«.

Patrick, ihr Mann mit den silbernen Ohrringen, der Freak mit der Kawasaki, merkte es schon bald. »Anna redet ja langsam wie eine Fernsehansagerin. Oder muß ich sagen: spricht?«

Wie sie verging. Bist Du noch da, Mama? Wird Dein Zimmer gelüftet und trittst Du vorsichtig mit Deiner Krücke auf den Flur, hörst Du Dir die Geschichten über Ödeme und Magen- oder Darmkrebs an, um meine Geschichte auszulöschen? Erwartest

Du die finstere Gnade des seligen Paters Damiaan, deines Lieblingsmärtyrers?

Ich bekomme einen Krampf in der rechten Hand. Vertrauter Krampf, der mich beim Reiben oft überfiel. (»Drehen« nannte Anna es. »Soll ich ein bißchen an dir drehen?«)

Wundertätige Erfindung des vibrierenden Dildos. Der Name des seligmachenden Ingenieurs? Steht in keiner Enzyklopädie.

Vor dem Erscheinen und der Offenbarung des Dildos spannte Anna ihre Oberschenkel, bis sie einen Krampf bekam, ein Schmerz, den ich hervorrufen und besänftigen konnte. Wie stolz ich war.

Die Mole und der Deich standen in der Glut der Sonne, die im Meer versank, eine Ansichtskarte.

Als wir ankamen, fragte der Mann an der Rezeption, ob wir reserviert hätten.

»Wir sind sehr reserviert«, sagte Anna kichernd.

»Auf welchen Namen?«

»Buckinx und Hopkins.«

»Ein Name reicht.«

»Dann Hopkins«, sagte Anna fröhlich. Leicht hysterisch.

»Die Spilliaert-Suite«, sagte der Mann, der mit einem abgekauten Fingernagel über die Namen in seinem Buch fuhr.

»Raymond, die Spilliaert-Suite!«

Raymond wollte unsere Reisetaschen nehmen. Er wog mehr als hundert Kilo.

»Lassen Sie nur«, sagte ich. »Wir travellen light. So light wie nur möglich.«

In der Suite zog ich die Vorhänge auf, spülte die Toilette, inspizierte die Minibar, zögerte, gab ihm dann zweihundert Franc.

»Der letzte Gast in dieser Suite kam aus dem Vatikan«, sagte er.

Dann saßen wir auf der Bettkante, ordentlich nebeneinander. Anna roch nach Schokolade. Auf dem Balkon zankten sich zwei Tauben.

»Was jetzt?« sagte Anna.

»Was jetzt.«

»Was machen wir?«

»Was du möchtest«, sagte ich wie immer. Ich streichelte ihr Knie.

Sie stand auf und stellte den Fernseher an. Ein Symphonieorchester. »Was für dich«, sagte sie müde.

Bruckner. Celibidache dirigierte. Unterbrach. Schnauzte ein paar Cellisten an. Gab Aphorismen auf deutsch und italienisch zum besten. Raufte sich verzweifelt die weißen Strähnen zu beiden Seiten des melancholischen, sterbenden Gesichts.

Du mochtest Bruckner nicht, Mama. »Zu viel Lärm«, sagtest Du.

Eine verbreitete Ansicht.

»Was machen wir?« fragte Anna.

»Das hast du schon gefragt.«

»Ich höre nicht gern Musik. Hab mich nur nie getraut, es dir zu sagen.«

Sie saß vorgebeugt da, mit krummem Rücken, sie, die immer aufrecht ging, aufrecht saß.

»Musik zerstreut meine Seele«, sagte sie mit einer vibrierenden Baßstimme. Der von Prinz Omar in *Reich und schön*. Ich antwortete mit der schrillen Stimme von Sally Spectra: »Wir müssen dies Urteil vollstrecken, liebste Anna, mein alles.«

Sie zog ein theatralisch verzweifeltes Gesicht. Prinz Omar sagte: »Die Sinnlosigkeit der Freude ist stärker als die des Kummers.«

Sie schaute auf ihre Zehennägel, die ich violett lackiert hatte, sah dann mich an. Böse. Feindselig. Ihr grimmiger Blick.

»Wer bist du?« fragte sie.

»Dreimal darfst du raten«, sagte ich.

»Wer bist du eigentlich, wenn's drauf ankommt? Weißt du das überhaupt?«

Mit einem Unterton der Trauer, der Provokation, des Verletzenden. Manchmal reizte sie mich bis aufs Blut.

Ich trat auf den Balkon. Die Sonne hatte die Farbe meines orangenen Latexmantels.

»Komm her«, rief Anna. Sie legte mir den Arm um die Taille, fuhr mir mit der Zunge über den Nacken, nahm meine Hand und zog mich wieder ins Zimmer.

»Soll ich jetzt schon mein Kleid anziehen?«

Sie zog es an. Ärmellos, runder Halsausschnitt. Der Stoff lag nur an Brust und Hüften an.

»Ich seh schrecklich darin aus.«

Sie kramte in ihrer Tasche, holte eine Schere heraus, zerschnitt das Kleid in ungleichmäßige Streifen. Bedächtig. Die letzten Stücke Stoff zerriß sie. Ich wußte, was sie dachte. Abschied, dachte sie. Was sonst?

Trotzig saß sie in BH und Slip vor dem Spiegel des Kleiderschranks.

»Wir sollten Ansichtskarten schicken«, sagte sie. »Ich wüßte nur nicht, an wen.«

»An Patrick.«

»Wie lange ist eine Ansichtskarte unterwegs?«

»Ein paar Tage.«

»Und als Eilsendung?«

»Auch ein paar Tage.«

»Na, dann werd ich ihm was husten. Nix da mit Karte.«

Ich streichelte Annas Schulterblatt, den dünnen Flügel. Sie zitterte. Eine Abnutzungsschlacht.

Eine Frau, von der die Einsamkeit abstrahlt wie ein Fluidum. Eine Frau, die eine üble, verdorrte Luft verbreitet. Sie sieht die Dinge mehr und mehr durch einen Schleier. Am Luganosee sitzt sie unter einem Sonnenschirm. Auf dem weiß lackierten, gußeisernen Tischchen vor ihr steht das silberne Teegeschirr. Ihre Fingerspitzen klimpern in der Luft. Ihrer perkussiven Materialität entäußert. So stand es in der Zeitung. Schuberts Impromptu mehr organisiert als improvisiert. Freilich ein sehr energischer Anschlag. Wo bleibt das *Unschuldige*?

Wer ist diese Frau? Du, Mama? Nein, ich, als ich nicht mehr übte, nur klimperte, als ich mich in einem finsteren Tal befand.

Mama. Ich schicke Dich fort, in den Nebel des Sees. Laß Deine Finger von mir.

»Wo bleibt das *Unschuldige* einer Zwölfjährigen?« schrieb der Kritiker in *De Standaard.*

Die Frau an der Kasse, der Mann an der Rezeption, die Pagen, die Gepäckträger sahen mich lauernd an. Sie wollten mich zurückhalten, doch keiner von ihnen ergriff die Initiative. Sie wußten, daß ich fahnenflüchtig war, daß ich Anna im Schlafraum allein ließ. Ich fühlte mich wie eine Krankenschwester, die ihre Patientin mit den Kabeln und Schläuchen im Stich läßt. In der Veranda standen plaudernd die Gerichtsvollzieher, ohne Schal, in weißen Hemden. Der Dickwanst, der gefragt hatte, was er mir getan habe, stieß seinen Freund an. Ich setzte mich auf einen zerbrechlich wirkenden ägyptischen Stuhl, schlug die Beine übereinander und wippte mit dem rechten Fuß im violetten Seidenstrumpf. Weder Kosten noch Mühe für einen königlichen *exit* gescheut.

Früher waren Gerichtsvollzieher behäbige, würdevolle Herren mit Hornbrillen. Auch sie wurden mittlerweile von der Jugend, von verspieltem Gesindel überrumpelt. *Fuck* Jugend.

Wie es anfing. Im Schulgebäude, einem Backstein-Mastodon. Durch guten Geschmack hat sich das Bistum noch nie hervorgetan.

Es war im September. Die Schüler hatten sich in Reih und Glied aufgestellt. Der Rektor ging mit seinem schielenden Chow-Chow vorbei, den die Kleinen lockten. Wie war das Wetter? Vergessen. Grau. Das Wetter am Ende der Ferien. Die älteren Schüler hatten kurzgeschnittene Haare, wie Galeerensträflinge. Die Frau des Rektors, die Geschichte und Geographie unterrichtete, sagte, sie habe einen Tumor. Und schuld daran sei der Nikotingenuß ihrer Umgebung.

Anna sah ich zum erstenmal im Lehrerzimmer. Sie ging mit einer Thermoskanne mit bitterem Kaffee herum. Ich bat um mehr Milch.

»Sofort, ein Moment, Mevrouw«, sagte sie und lächelte gelassen.

»Sind Sie neu hier?« fragte ich. Stumpfsinnig. Als ob ich das nicht sehen konnte.

»Ich vertrete meine Mutter«, sagte sie und klemmte sich einen Bleistift hinters Ohr.

»Wer ist denn Ihre Mutter?«

»Agnes.«

»Ach, Agnes«, sagte ich. »Sie haben Ähnlichkeit mit ihr.«

»Kein bißchen.« Sie drehte mir den Hintern zu. Einen knabenhaften Hintern, straff in gebleichten Jeans.

Von seinen Kumpanen angestachelt, löste sich der dicke Gerichtsvollzieher aus der Gruppe. Mit vorgestrecktem Bauch und dem Gang des seligen Robert Mitchum kam er auf mich zu. Er wollte sich auf den Stuhl gegenüber von meinem setzen. Ich sagte: »An Ihrer Stelle würde ich das nicht tun.«

Er überprüfte die Umgebung. Hockte sich dann neben meinen Stuhl. Er streckte mir die Hand entgegen. Ich starrte auf die Hand. Er hielt die Hand in die Luft. »Van Landegem, Jacques.«

»Haben Sie nie gelernt, daß ein Gentleman die Hand erst dann ausstreckt, wenn die Dame ihre ausgestreckt hat?«

»Sorry.« Er richtete sich auf. Er sagte, daß er in seinem Leben selten eine so interessante Frau wie mich gesehen habe. Das hatte mir noch gefehlt. »Auf dem

Weg zum Ende verlieh man der englisch-irischen Musikbesessenen und Pädagogin, dem früheren Wunderkind Emily Hopkins, das Epitheton: interessant.«

»Verzieh dich in den Garten und spiel da mit deinen Freunden«, sagte ich.

Er fragte, was er verbrochen habe.

»Alles«, sagte ich.

»Ach, leck mich doch«, sagte er, hochrot.

»Lieber nicht«, sagte ich.

Ich erinnere mich, daß er unterdessen seine Zigarette mit einem Zippo-Feuerzeug ansteckte. Virile Solidarität in *the trenches.* Mein Daddy in Knickerbockers hatte auch so eins. In der untersten Schublade Deines Nachttisches, Mammy.

Ich sah Anna am nächsten Tag in der Turnhalle, an der ich nach meiner ersten Stunde Notenlehre vorbeiging. Sie hörte auf mit Wischen, als sie mich sah.

»Wie geht es Ihrer Mutter?«

»Ich denke, gut. Ich weiß es nicht.«

»Wie meinen Sie das?«

»Wir werden bald Neues erfahren, denke ich.«

»Wo ist sie denn?«

»In Brisbane, Australien. Ivan und Remi, meine Brüder, liegen dort beide im Koma, im Krankenhaus. Sie haben bei der Arbeit einen Stromschlag bekommen, alle beide. Ma denkt, daß sie schneller wieder gesund werden, wenn sie bei ihnen bleibt.«

Die Schüler tröpfelten herein. Anna rief, sie sollten sich vorsehen, der Boden sei noch naß. Sie schien auch keine Lust zu haben, weiterzuputzen. Irgend etwas beschäftigte sie. Sie lächelte. Verwirrt und gleichzeitig herausfordernd. Das Lächeln machte sie jünger, schöner, und sie wußte es. Sie zeigte auf meinen Pulli.

»Ist der von Versace?«

»Ja«, sagte ich. »Was dagegen?«

»Ist mir doch egal.«

»Ich hab ihn im Ausverkauf ergattert«, log ich.

Sie zögerte immer noch. »Ich wollte Sie noch fragen ..., das letzte Stück, das Sie gestern nach dem Unterricht gespielt haben ... was war das?«

»Liszt. *La Gondole lugubre.*«

»Sie spielen es so schön. Es ist mir kalt den Rücken runtergerieselt.«

Anna war schlanker damals, geschmeidig in ihrem schwarzen T-Shirt mit der Aufschrift Black Sabbath in Glitzerbuchstaben und den gebleichten Jeans. Sie hatte kurze, dunkelrot gefärbte Strubbelhaare und forschende, graue Augen.

»Ich muß ... weiter.«

»Ja«, sagte ich. »Ja.« Ich wagte nicht zu fragen, wie lange ihre Mutter wegbleiben würde. Wir wußten beide, daß etwas im Gange war. Ohne sich umzuschauen, ging sie zu den Recks, an denen japsende Schüler hingen.

Ich wollte ihr nicht beim Putzen zuschauen. In mir jubelte etwas, es prickelte in meinen Brustwarzen.

In den nächsten Tagen begegnete ich Anna wie durch Zufall. Nun ja, Zufall. Ich kann ruhig eingestehen, daß ich ihr Tun und Treiben beobachtete. Wie eine lächerliche, herumschleichende Raubkatze. Meist war sie in Gesellschaft anderer Putzfrauen. So gelassen wie möglich fragte ich Anna, wie es ihren beiden Brüdern gehe. Sie sagte dann: »Gut«, oder »Ihr Zustand hat sich gebessert.«

Ich fragte mich, ob Anna mit dem Personal über mich redete. Die Putzfrauen warnten sie vor mir, das wußte ich genau.

Einmal saß ich in einer Pause zwischen zwei Schulstunden im Lehrerzimmer, als ich die Putzfrauen, darunter Anna, auf dem Korridor schnattern hörte. Anna redete von ihrem kleinen Sohn Ward, der seit ihrer Scheidung von Patrick oft weglief. Ohne Anlaß, ohne vorhergehendes Zeichen. Man fand ihn in einem Heuschober, in einem Fahrradunterstand oder an der Autobahn, wo er laut die Automarken aufzählte. Manchmal kam er von allein wieder nach Hause, mit Billy, seinem zerknautschten Plüschbären, und weinte vor Erschöpfung.

»Er weint um mich«, hatte Patrick gesagt. »Und weil er nicht mehr auf meiner Kawasaki sitzen darf.«

Fünf Bekannte von Patrick waren auf der Beerdigung seines Sohns. Sie streichelten Patrick ab und zu übers Haar, drückten seine Schultern, fluchten.

Ich sah, wie Patrick in Annas Tasche kramte und mehrere Hundert-Franc-Scheine herausholte.

»Laß ihn«, sagte Anna, als sie sah, daß ich es sah. Sie hatte rotgeränderte Augen. Von den Tränen oder von der roten Schminke, die heutzutage modern ist.

»Er wird dich ausplündern bis aufs Hemd.«

»Er darf das«, sagte sie, gereizt in ihrer Trauer. »Alle dürfen mich ausplündern.«

Sogar beim Leichenschmaus war Patrick so wie immer – schmuddelig und rechthaberisch. Wie gewöhnlich trank er mit seinen Motorradkumpeln große Mengen Bier.

Er sagte – ich habe mir alles gemerkt – daß die Menschheit zur Arbeit nicht geschaffen sei. Daß es bei den Arabern längst nicht mehr verboten sei, Schweinefleisch zu essen. Daß Kartoffeln beträchtlich weniger Kalorien enthielten als der Normalmensch annehme. Daß er und seine Kawasaki-Boys über die Rennbahn von Turin brettern würden, daß die Fetzen flögen. Obwohl ihm der Kopf nicht danach stünde. »Auch nicht das Herz«, sagte er.

Anna hörte nicht zu. Sie vermied hartnäckig, mich anzuschauen. Was auch nur gut war. Es war nicht mehr die Zeit für irgendeine Form von Mitleid, Zärtlichkeit, Freundschaft. Sie überließ sich ihrem Kummer in einem allumfassenden Fieber. An dem ich nicht teilhatte.

Auch nicht, als ich fragte, ob sie etwas trinken wolle, ob ich etwas für sie tun könne, ob sie ihr schwarzes Kleid nicht ausziehen wolle. Es klang, als sei ich auf Aufreiße. Ihre Apathie war wie eine Mauer. Sie widmete den drei silbernen Ringen in Patricks Ohr mehr Aufmerksamkeit als mir. Alle Anwesenden hielten mich für schuldig. Schon allein, weil ich in Annas Leben eingedrungen war.

Natürlich war es eher Anna, die in mein Leben eingedrungen war, sich in mein Inneres geschmuggelt hatte.

Ich spielte Chopins Sonate in c-Moll. Oder das Rondo capriccioso von Mendelssohn? Chopin war es, und Martha Argerich, mein Idol, die Wildkatze unter den Pianisten, lachte sich krumm und schief. Arrogante Zicke. Ich redete mir ein, daß ich üben würde. Obwohl ich nur auf Anna wartete, Anna mit den austernfarbenen Augen. Am fünften Tag kam sie. Ich frohlockte, tat aber so, als sei ich in das Spiel vertieft. Ich roch sie.

Sie blieb in der Tür stehen, lehnte sich an den Pfosten, verschränkte die Arme.

Ich zerstörte weiterhin Chopin. Sie näherte sich dem Klavier. Auf blauen Nylonsneakern. Das Blut stieg mir in den Kopf.

Sie sagte, sie werde nicht mehr zum Putzen kommen. Ihre Mutter komme am nächsten Tag nach Haus, die beiden Brüder gäben nun hin und wieder Lebenszeichen von sich. »Dann werden wir uns ja nicht mehr sehen«, sagte ich. Anna machte eine abweisende Geste. Sie drehte sich auf dem Absatz um und schien sich für die tobenden Schuljungen auf dem Pausenhof zu interessieren. Ich bemerkte zum ersten Mal, wie lang ihr Hals mit den feinen Nackenhaaren war.

Ich sollte noch öfter sehen, daß sie sich abwandte, wie Katzen es manchmal machen, auch wenn man ihnen die leckersten Happen vorsetzt, wie sie träge nach etwas Unsichtbarem und Gefährlichem ausspähen und sich dann erst auf den Leckerbissen stürzen.

Und Deine Tochter, Mama, war der Leckerbissen.

In meiner Freude, daß mein armseliger pianistischer Lockruf – auf welchen verschlungenen Wegen auch immer – gewirkt, daß meine anstößige Hoffnung eine Antwort hervorgerufen hatte, habe ich Dir am Abend jenes Tages von Anna erzählt.

Natürlich weißt Du nichts davon. Ich habe ihren Namen nicht genannt. So beiläufig wie möglich habe ich von der Schule berichtet. Daß der Rektor sich Sorgen mache, weil die Schülerzahl um fünfundzwanzig Prozent zurückgegangen sei, daß der Mathematiklehrer sich eine bösartige Warze habe entfernen lassen, daß es Sparmaßnahmen beim Reinigungspersonal gebe, die sogar so weit gingen, daß eine gerade erst eingestellte junge Frau nach zehn Tagen wieder nach Hause geschickt werde, obwohl sie meiner Ansicht nach eine hervorragende Kraft sei und zudem einen kleinen Sohn habe, für den sie ganz allein sorgen müsse.

Wenn ich heute daran denke, an den Anfang unserer Katastrophe, an diesen ersten beschämenden Köder von Mendelssohn, nein, Chopin, scheint es mir naheliegend, daß Du gewußt hast, von Anfang an gewußt hast, was da im Gange war. Du hast das Abenteuer erkannt, Du hattest es mehrmals kommen sehen, wenn ich verloren umherging, anderen Frauen ausgeliefert. Nicht Dir.

Vor einiger Zeit, ich will nicht mal überlegen, wann genau, saßest Du in der Patisserie Mello. Als ich an der Kasse stand und bezahlte, sah ich Dein Spiegelbild in einer Fensterscheibe. Füllige Damen aßen Torte, Du warst eine von ihnen, aber für Dich allein, hinter einem Pfeiler. Hattest Du Dich versteckt? Angst, unter die Leute zu gehen? Scheu vor den Anzüglichkeiten? »Ist Ihre Tochter immer noch nicht verheiratet, Mevrouw Hopkins? Sie ist doch eine charmante Person. Und so talentiert.«

Im Schatten einer dorischen Säule. Aufrecht, geziert, aßest Du mit einer federleichten silbernen Kuchengabel ein Mokka-Eclair. Neben Deiner Kaffeetasse stand eine Tortenschachtel mit einer dreifarbigen Schleife.

Wolltest Du zu einer Geburtstagsfeier? Zu einer guten Freundin? Auf dem Revers Deiner Jacke, in Höhe des Herzens, schimmerte ein Skarabäus. Ich kannte ihn. Für gewöhnlich lag er, in Seidenpapier eingewickelt, in der zweiten Schrankschublade links.

Du erzähltest im Bett, während ich die Augen vor Müdigkeit nicht offenhalten konnte, aber dennoch Deine Stimme, die tiefe, schleppende Stimme, die ich sonst nie hörte, weiterhören wollte. »Dann kamen die bösen Männer, die Mistkäfer, die der Dreck der Erde sind ...«

Ich. Ich lese diese Prosa nicht noch einmal. Jedes Kapitel, jeder Absatz beginnt mit *ich,* fürchte ich. Erbärmlich. Anna hatte kein *Ich.* Was sie beschäftigte, waren die anderen.

Ich schloß die Tür des Schlafraums ab, nahm den Schlüssel mit.

Im Restaurant fragte der Kellner, während er mich zu einem Tisch mit Meeresblick geleitete: »Sind Sie allein?«

»Das sehen Sie doch«, sagte ich.

»Es hätte sein können, daß Mevrouw etwas später kommen würde«, sagte er beleidigt.

»Vielleicht ißt sie ja auf dem Zimmer etwas«, sagte ich beschwichtigend.

»Kein Problem«, sagte er.

Ich hasse Leute, die das sagen. Das Restaurant war fast leer. Der Kellner behauptete, die Krabben würden jeden Tag von ortsansässigen Fischersfrauen frisch gepult.

»Solche Krabben bekommen Sie im ganzen Leben nicht mehr.«

»Das können Sie wohl sagen«, erwiderte ich. Bestellte eine Flasche Pommard.

Fügsam aß ich die Krabben mit Mayonnaise.

Ich sah, daß meine Fingernägel schmutzig waren, die Nagelhaut rostbraun.

Als ich den warmen Apfelkuchen mit Schlagsahne aß, rannen mir Tränen über die Wangen. Ich tupfte sie mit der Serviette ab. Sehnsucht nach etwas, das nicht existierte. Ich hätte vielleicht mehr reisen sollen. Was hatte ich von der Erdkugel und den Menschen auf ihr gesehen? Florenz. Arles, wo ich als Kind am Concours de Jeunes teilnahm. Rumänien, auch bei einem Musikwettbewerb. Ich wurde Vorletzte.

Sweet memories, mommy?

Was hatte ich jemals wirklich registriert von meiner Umgebung, von meinen Freundinnen, von Anna? Träge, nachlässig, finster, auf Krücken, scheeläugig wie ein Otter, blind wie eine Fledermaus habe ich mich an ihnen vorbeibewegt.

»Anna«, sagte ich lautlos. »Hilf mir.«

Ohne daß ich ihn hatte hereinkommen sehen, stand van Eyck vor meinem Tisch.

»Es war das schönste auf der Welt«, sagte er.

»Was?«

»Eine gescheite, schöne Frau, die einen gesunden Appetit hat. Es war mir vergönnt, Ihnen beim Schmausen zuzuschauen.«

Die Winkel seines Schildkrötenmundes kräuselten sich aufwärts.

»Setzen Sie sich«, sagte ich. Ich schenkte ihm ein Glas Pommard ein. Er nickte, trank schmatzend einen Schluck, wischte sich mit einer Hand voller Leberflecken den Mund ab.

»Ich wußte, daß Sie nicht gleich ins Bett krauchen würden. Soll ich Ihnen die zwielichtige Seite unserer Stadt zeigen? Wir reden kein Wort über das Interview. Das ist erst morgen früh um neun.

Und Sie brauchen auch keine Angst zu haben. Van Eyck beschützt Sie. Auch vor ihm selbst. Falls letzteres nötig sein sollte. Es ist eher unwahrscheinlich.«

»Was können Sie mir Böses antun?«

Er machte einen Versuch zu lächeln. Es gelang ihm nicht.

»Ich bin zu alt dafür. Zu alt für gut und böse ...«

Er brütete über etwas.

»Die von der Zeitung haben mir ein Fax geschickt. Artikel aus dem Archiv. Sehr lesenswert. Sie waren ja ein echter Star am Klavier, mit zehn.«

»Zwölf.«

Er stützte sich mit einem Ellbogen auf den Tisch. Sein Zeigefinger bohrte sich in die schlecht rasierte Wange. Der Denker. Er kratzte sich im Kreuz. Gürtelrose. Ein Ring aus scharlachroten Quaddeln, versengter Haut. Das blieb mir erspart.

Die Gerichtsvollzieher zockelten einer nach dem

anderen vorbei, in langsamem Takt. Ihre jungenhafte Ausgelassenheit war verebbt. Anscheinend waren sie im Bann einer verhängnisvollen Schlafsucht. Schweigend gingen sie in die feuchte Meeresbrise hinaus.

»Abschaum«, sagte van Eyck. »Ich seh Sie morgen um neun. Wir werden versuchen, ein ernsthaftes, tief menschliches Gespräch zu führen.«

Die Schlagzeile in der Zeitung. LIEBESNEST. SELTSAMES LIEBESNEST IM HOTEL LUXOR. DIE ZWEI VERRUCHTEN FREUNDINNEN.

Ich bin müde, Mama, unendlich müde.

Eine halbe Stunde geschlafen. Nackenschmerzen.

Die vorbeitrottenden Gerichtsvollzieher erinnerten mich an Krokodile, die spüren, daß ihre Wasserstelle langsam austrocknet und die sich in der Nacht auf die Suche nach einem neuen See oder Tümpel machen, in einer Reihe, Hinterteil an Maul. Vor Sonnenaufgang, vor der verdorrenden Hitze, müssen sie die neue Wasserstelle erreicht haben. Sie beeilen sich im feuchten Dschungel, sind so hastig, daß man direkt neben ihre schweigenden, wühlenden Mäuler ein Kind legen könnte. Auch einen kleinen Jungen.

Wieder geschlafen. Dann alle Erdnüsse, Cashews, Bifis und Paprikachips aufgefuttert. Lange nach den Geräuschen im Schlafraum gelauscht, Rauschen, Brausen. Die Heizung, das Meer.

Es klopfte an die Tür. Das Zimmermädchen, das zwei Pralinen in einer kleinen Schale brachte. Ein keckes, rührendes junges Ding mit vollen, kurzen

Beinen. Sie fragte, ob sie das Bett aufdecken solle. Ich sagte so liebenswürdig wie möglich, daß ich das selbst könne.

Sie mußte niesen. In allen Ecken des Wohn- und Schlafraums hatte ich ausgiebig *Egoïste* versprüht.

»Ist Mevrouw immer noch krank?« fragte sie.

»Ich fühle mich schon besser«, sagte ich. Ich reckte mich, als würde ich den salzigen Meerwind einatmen.

»Ich meinte die andere Mevrouw.«

»Sie schläft«, sagte ich.

Das Zimmermädchen schaute auf die verriegelte Tür, wollte in das Zimmer gehen. »Komm her«, sagte ich. »Wie heißt du?«

»Esther.«

»Esther, setz dich.« Ihre Duldsamkeit erstaunte mich. Sie war mir ganz nah.

»Esther, hast du viele schreckliche Dinge gesehen?«

»Wann?«

»In deinem Leben.«

»Nicht, daß ich wüßte, Mevrouw.«

Ich nahm vier Scheine zu fünfhundert Franc aus meiner Tasche, wedelte damit und legte sie ihr in den Schoß.

Ich trat hinter das Sofa, ihr Blick folgte mir. »Schau nach vorn«, sagte ich. Meine Hände umklammerten sanft ihren Hals. Meine Daumen drückten sich in das furchtsame, zarte Fleisch.

»Tun Sie das nicht, Mevrouw«, sagte sie.

»Ich tue nichts«, sagte ich.

Sie bewegte die Schultern. Die Geldscheine rutschten ihr vom Schoß.

»Halt still«, sagte ich. »Halt verdammt noch mal still.«

Ich streichelte ihr über die Wangen, die Schläfen, die Brauen. Dann ließ ich sie los.

»Jetzt bist du am Leben«, sagte ich. »Und dann plötzlich nicht mehr. Findest du das nicht sonderbar?«

»Das gilt doch für jeden Menschen, Mevrouw«, sagte sie.

Darauf wußte ich keine Antwort. Heulsuse Emily Hopkins hat selten eine Antwort parat.

»Sie benehmen sich so sonderbar, Mevrouw«, sagte sie.

Ich gab ihr noch einen Fünfhundert-Franc-Schein. Sie steckte ihn in die Brusttasche ihrer weißen Bluse, kniete und hob die Scheine auf. Sie richtete sich auf. Sie wartete ergeben, mit einem Anflug von Neugier.

Ich küßte sie auf den Mund, der nach Apfelsinen schmeckte. Ich streichelte ihre Schenkel. Sie sagte: »Ich bin nicht andersrum, Mevrouw, aber andererseits möchte ich Sie auch nicht kränken.«

Ich küßte sie flüchtig auf die Nase.

»Geh nur«, sagte ich.

»Vielen, vielen Dank«, sagte sie. Sie schaute in Richtung Schlafraum, unser Fort. »Kann ich etwas für Mevrouw tun? Es gibt einen Arzt im Hotel.«

»Jetzt geh, verdammt noch mal.«

An der Tür sagte sie: »Wenn Sie mich brauchen, können Sie anrufen. Ich habe die Nacht.«

Ich habe die Nacht.

Eine Fernsehdiskussion angeschaut. Den Ton ganz leise gedreht. Obwohl kein Grund dazu bestand. Ich glaubte zu hören, daß Anna aufstieß. Ich ging nicht nachschauen.

Die zwei gelben Pillen mit einer Miniflasche Drambuie geschluckt.

Wirkung: in einer halben Stunde.

Und ab jetzt zählt die Zeit. Topp!

Zum Waschbecken gerannt. Zwei Finger in den Hals gesteckt. Die beiden noch intakten Pillen zwischen den Klumpen aus dem Brei geholt. Eine Viertelsekunde daran gedacht, sie wegzuspülen.

Sie liegen jetzt auf dem Fernseher.

Die Frau des Rektors bestellte mich in den Schulgarten. Sie trug einen Strohhut mit Strohblumen und schnitt Rosen.

»Sie kümmern sich ja wirklich einen Dreck um alle Richtlinien, Mevrouw Hopkins. Nur in der Raucherecke im Lehrerzimmer darf geraucht werden. Und das auch nur dann, wenn Ihre Kollegen nichts dagegen haben. Daß Sie diesen unausgesetzten Angriff auf Ihren Körper dulden, ist Ihre Privatsache. Aber nicht in unserer Institution. Mevrouw Hopkins, ich verbiete Ihnen zu gähnen, wenn ich mit Ihnen rede.«

Sie ähnelte Dir, Mama, eine vornehme, bauchige Lady, in der einst ein launenhafter Backfisch gesteckt hatte. Und jetzt eine Geschwulst.

»Oder glauben Sie, weil Sie früher, als Kind, eine Künstlerin waren, könnten Sie unsere Gemeinschaftsregeln ignorieren? Und Sie wissen, welche Regeln ich meine.«

»Nein, das weiß ich nicht.«

Wenn ich mich damals unterwürfiger verhalten, ihren Rang und Stand als Rektorengattin und ihren Tumor respektiert hätte, wären Anna und ich nicht hier gelandet.

Im Fernsehen interviewt ein hektischer Kahlkopf eine Greisin, die hundertundeins geworden ist. Ob sie sich an ihren ersten Kuß erinnere.

»Und ob!« kiekst das Mütterchen. »Ich war sofort Feuer und Flamme. Und das ist so geblieben für den Rest unseres Lebens, enfin, für den Rest *seines* Lebens. Er ist im Jahr zweiundsechzig entschlafen. Einfach so, an Altersschwäche.«

»Der Kuß«, bettelt der Kahle, »der erste Kuß. In welchem Jahr und in welchem Monat war das?«

»Da fragen Sie mich zuviel«, seufzt sie.

»Aber das müssen Sie doch noch wissen. Der schönste Tag in Ihrem Leben. Wie um Himmels willen ist es möglich, daß Sie das nicht mehr wissen, wo Sie doch so ein fabelhaftes Gedächtnis haben?«

»Für Zahlen, Mijnheer. Zahlen konnte ich mir immer gut merken. Das war auch nötig für unser Geschäft.«

Der erste Kuß. Soll ich antworten? Langweile ich Dich? Ja? Dann erzähle ich es jemand anderem. Es gibt niemand anderen. Gut, dann stecke ich meine Antwort in die Flasche, die im grünen Meer schaukelt, mit dem zu einem Schiffchen gefalteten Papier.

Der Fahrstuhl war leer. Ich betrat ihn. »Warte, warte«, rief Anna, die angelaufen kam, wie immer zu spät, wie immer mit Entschuldigungen, Alibis. Sie trug ein nasses T-Shirt vom FC Brügge. Patricks Lieblingsverein. An ihrem Arm baumelte ein Plastikeimer mit Bürsten und grauen Handtüchern.

»Meine Mutter ist für kurze Zeit zu meinen Brüdern geflogen.«

Entschuldigungen. Alibis. Warum sagte sie nicht sofort: »Ich hielt es nicht aus ohne dich. Pfeilschnell galoppierte mein Hengst Morgenrot über die Ebene, mit Schaumflocken am Maul ließ er die Hufe auf die Sturmhöhe prasseln.«

»Du bist ganz naß«, sagte ich, dicht bei ihr, mit heiserer Stimme wie ein Verführer.

»Woher weißt du das?« fragte sie leise.

Ich erkannte ihr Parfum. Das meine.

Sie biß sich auf die Lippen, wie um zu verhindern, daß sie aufschrie. Meine Finger berührten die straffen Halsmuskeln, das Schlüsselbein, den Haarflaum im Nacken. Ich vergrub mein Gesicht in ihrem dichten, nassen Haar.

»Ach«, sagte sie, »ach.«

Ich leckte über die nun weit geöffneten Lippen, ihre Zunge glitt über mein Zahnfleisch, ihre Lippen spannten sich, saugten an meinen.

Ohne sich von meinem Mund zu lösen, drückte sie auf Knopf sechs. Und im sechsten Stock blieben wir stehen. Ich spürte ihre Rippen und die Rückenwirbel, während ich ihr Gesicht mit meiner Zungenspitze erkundete, in der Ohrmuschel, in den Nasenlöchern.

Und der Honig ihrer Ohren war bitter.

Die Lifttüren öffneten sich.

»Nein«, sagte sie, als ich ihr folgen wollte. »Du mußt in den dritten Stock.« Der Rand ihres Eimers schlug an meinen Oberschenkel. Sie hat meine Seele gefangen, dachte ich. Jetzt schon. Ich hielt sie zurück.

Später bezeugten ein paar Mädchen aus der obersten Klasse, sie hätten unseren Abschied beim Lift auf der sechsten Etage beobachtet. Ein Fest des Küssens. Ich hätte einer sich sträubenden Anna Gewalt angetan, schworen sie.

Anna sagte aus, sie habe den Lift sofort verlassen, weil Wardje im Refektorium auf sie wartete.

Als Anna mit Wardje im zweiten Monat schwanger war, wollte Patrick von einer Abtreibung nichts wissen. Er fange an, sich als Vater zu fühlen, sagte er. Und daß er neugierig sei, wie das Kind aussehen würde. Vielleicht ähnele es ja einem seiner Kumpel vom Pokern.

Wardje saß hoch oben in der Eiche. Von dort aus konnte er zwei Kirchtürme und den Sluisberg sehen. Wardje wollte später Alpinist oder Höhlenforscher werden. Hoch hinaus oder tief hinab. Anna sagte: »Darin ist er wie du. Kein Mittelweg, ihr macht es euch selber schwer.«

Sie schrie: »Wardje, komm sofort vom Baum, oder du kannst was erleben!«

»Was denn?« krähte er.

»Ich komm dich holen.«

»Dann komm doch, schwing den faulen Hintern.«

Sie stand breitbeinig unter der Eiche, die Hände in die Seiten gestemmt, wie ein junges Marktweib in Rage.

»Komm jetzt aus dem Baum, oder ich krieg Zustände.«

»Und was krieg ich?« rief er.

»Was du willst.«

Er kletterte an den schwankenden, knarrenden Ästen hinab. Wir sahen ihn, er hatte seinen Bären Billy bei sich, er zwängte sich aus dem Blattwerk der am tiefsten hängenden Äste.

»Was ich will, ist Spaghetti mit Tomatensauce und Fleischbällchen und danach noch zwei Mohrenköpfe.«

»O.k.«, sagte seine Mutter.

»O.k.?« fragte er. »In echt?«

»In echt!« sagte sie.

Mit einem gummiartigen, eleganten Sprung landete er im Erdbeerbeet. Anna schoß auf ihn zu und riß ihn hoch, mit einer Hand hielt sie ihn am Kragen, mit der anderen schlug sie ihn so fest, daß ihre Hand von seinem Schädel, seinen Wangen abprallte.

»Fleischbällchen!« rief sie.

Das Gesicht vor Schmerz und Erstaunen verzerrt, schaute er mich an, verzweifelter denn je. Wegen des Verrats, wegen des Hinterhalts. Anna zog ihn am Ohr, verdrehte das Ohr. Bis sie Wardje mit einem ungelenken Tanzschritt zum Schuppen schleppte. Und er rief: »Emily, Emily, das ist gemein. Meine Mutter ist eine hinterhältige Schlampe!«

Ich mischte mich nicht ein. Hielt mich an eine nie ausgesprochene Abmachung. Wardje gehörte zu ihr und ich gehörte zu ihr und *never the twain shall meet.*

In den folgenden Tagen war Wardje tief gekränkt. Er weigerte sich, zu essen, zu sprechen und zu spielen. Sein Freund Oskar sagte, er wolle nicht mal Nintendo spielen.

Am dritten Tag sagte Anna: »Bist du immer noch bockig? Hast du immer noch die Sprache verloren?«

Sie kochte Spaghetti mit Tomatensauce und Fleischbällchen. Grimmig starrte er auf den dampfenden Topf. Ihm lief das Wasser im Mund zusammen.

Wortlos schob er seiner Mutter den Teller hin. Er schlang die übergroße Portion Spaghetti hinunter. Er ging mit dem Teller in die Küche und hielt ihn unter den Warmwasserhahn. Dann trocknete er den Teller mit einem Geschirrtuch ab und stellte ihn in den Schrank. Dann verließ er das Haus. Ich sah ihn durch das Mattglas der Veranda. Ich sah, wie er zögernd stehenblieb und in die Richtung des Sluisberg spähte. Ich sah, wie er Billy an sich drückte.

Am Abend kam er nicht nach Haus.

Anna lief durch die Straße, über die Wiesen, an den Villen entlang. Sie schrie seinen Namen. Oskar hatte Wardje auch nicht gesehen.

Es wurde immer dunkler.

In ihrem gellenden Kreischen lag keine List mehr.

»Er wird schon kommen«, sagte ich. »Er wird wieder Hunger kriegen.«

»Er kommt nicht«, sagte sie.

Sie rief Patrick auf seinem Handy an. Patricks Liebste sagte, er sei gerade in einer Sitzung.

»Sitzung«, sagte Anna bitter.

Sie blieb an der Türschwelle stehen. Setzen. Aufstehen. Rufen.

Ich rief die Polizei an. Während wir warteten, sahen

wir ein Fernsehquiz. Anna wußte nicht eine Antwort. Nicht mal die Hauptstadt von Rumänien fiel ihr ein.

Der Polizist fragte, ob Wardje noch nie einen Dummejungenstreich gespielt hätte.

»Nein«, sagte sie matt, zerstreut. »Wardje ist ein ziemlich schlauer Junge.«

»Wir müssen Geduld haben«, sagte der Polizist, als spräche er mit einer Schwachsinnigen. »Wir können schlecht einen Hubschrauber einsetzen.«

»Warum nicht?« fragte Anna.

»Und wer soll das bezahlen?«

Dann fuhr Patricks Kawasaki durch die Straße, die inzwischen mit schwatzenden Nachbarn bevölkert war. Sie flüsterten, feixten, verschworen sich gegen uns.

Patrick sagte: »Wir müssen vor allem systematisch vorgehen.«

Der Polizist fragte ihn, ob er mit dem Jungen verwandt sei.

»Das kann man wohl sagen«, erwiderte Patrick. In der Küche zog er sich die Handschuhe aus. Er gab Anna einen Joint. Ich riß ihn ihr aus der Hand.

»Emily«, sagte Patrick. Ich konnte mich nicht erinnern, daß er jemals meinen Vornamen ausgesprochen hatte. Es hieß immer »die da« oder »die Engländerin« oder »deine Freundin«. »Emily, ich weiß besser als du, was Anna jetzt braucht.«

Ein zweites Polizeiauto erschien mit Blaulicht und Sirene. Die Nachbarn standen um uns herum. Anna nahm ihr Fahrrad und fuhr, pausenlos klingelnd, in Richtung Sluisberg. Ein Polizeiwagen und Patrick folgten ihr. Das Blaulicht blinkte zwischen den Bäumen.

Anna fuhr eine Schleife und kehrte zurück. Das Motorrad mit seinem Geknatter, das Auto mit seiner Sirene folgten. Kaum hörbar dazwischen Annas gellende Schreie und die Fahrradklingel.

Auf dem Anwesen des Nachbarn hatten sich noch mehr Dorfbewohner versammelt. Einer machte Polaroidfotos vom Haus, vom Garten, von den Umstehenden.

Anna trank Buttermilch. Der einzige in unserem Haushalt, der Buttermilch mochte, war Wardje. Annas Augen in tiefen Höhlen. Ihr schlaffer, verlebter Mund. Sie sagte mit heiserer Stimme: »Ich will nicht schlafen, wenn er wiederkommt.«

In der Küche, wo die Motorradfahrer von Patricks Club Karten spielten, sagte sie: »Mir wäre lieber, wenn ihr mich jetzt in Ruhe lassen würdet. Laßt mich allein.«

»Ich auch?« fragte Patrick.

»Du vor allem ...«

»Na, besten Dank.« Er zog an seinem Joint. »Es ist auch mein Kind.«

»Vielleicht.«

»Verdammt, jetzt mach aber mal halblang, Anna. Du hast Wardje nicht gewollt. Hätte ich mich damals nicht durchgesetzt, würde es überhaupt keinen Wardje geben.«

Als sie unter der Dusche stand, ging mir durch den Kopf, wie kühl ich mich in solchen Situationen verhielt, wie nutzlos ich war. Ich konnte nicht trösten, aufmuntern, sagen, sie müsse geduldig sein, es werde schon nicht so schlimm kommen.

Sie zog einen Pullover von mir an, mehrere Nummern zu groß. Steckte Handtücher und Kissenbezüge und ihren Bademantel in die Waschmaschine.

Die Morgendämmerung. Verfluchter Tag. Volle, lauwarme Sonne.

Zum zigsten Mal machte sie die Runde in unserem Haus. Im Schlafzimmer zog sie heftig die Schranktür auf, als würde Wardje herausspringen.

Die meisten Nachbarn waren abgezogen. Ein Polizist redete von Statistiken, den Umständen des Weglaufens, den Gründen. »Aber man kann sich nicht drauf verlassen, jeder Fall ist ein Fall für sich.«

Dann sah Anna zum vierten oder fünften Mal in dem Schuppen nach, den wir die Garage nannten. Sie kroch in den alten Fiat.

Sie setzte sich ans Steuer, wie Wardje dort manchmal saß, und versuchte das Brummen des Motors nachzuahmen, wie es Wardje manchmal machte. Sie sagte Automarken auf. Plötzlich stieß sie sich vom Steuer ab. Sie stieß sich auch von der Seitentür des Fiat ab und riß den Kofferraum auf. Ein Geruch nach verschüttetem Benzin, ein Kind mit einer Schottendecke überm Kopf. Sie zog die Decke weg. Wardjes Kopf lag an der kahlen Stelle von Billys Bauch. Kleiner Höhlenforscher.

Anna wandte sich ab, nahm mich nicht wahr. Sie sagte alles mögliche, aber wegen des Gerufes und Geschnatters der Nachbarn und der in ihre Handys brüllenden Polizisten konnte ich es nicht verstehen.

Gerade ist der Geschäftsführer des Hotels gegangen. Auch er hat mein verschwenderisches Gespraye gerochen. Ich sah ihn förmlich denken: Provinzler gehen immer protzig mit ihrem Parfum um.

Ein rundliches Kerlchen, einen Kopf kleiner als ich, mit randloser Brille und verschmitztem Blick.

Er hatte gefragt, ob er hereinkommen dürfe. Ich sagte, daß meine Freundin schlafe. »Dann werden wir uns leise unterhalten«, sagte er. Wir setzten uns in die imitierten Art-Deco-Stühle auf dem Gang.

Der Geschäftsführer zog seine Hosenbeine hoch.

»Hat Ihnen schon mal jemand gesagt, daß Sie Joan Crawford ähnlich sehen?«

»Ja«, sagte ich matt.

»Täuschend ähnlich«, sagte er. Die Brille rutschte ihm auf die fleischige Nasenspitze.

»Nun denn«, sagte er und schwieg.

»Sie möchten, daß wir das Hotel verlassen«, sagte ich.

»Ich würde mich nicht erdreisten, das so direkt zu sagen. Wir haben Ihnen in vollem Vertrauen die Spilliaert-Suite überlassen ...«

»Immerhin für zwölftausend Franc.«

»Der Saisontarif.«

Am Ende des Ganges war Esther zu sehen. Sie stützte sich mit den Ellbogen auf einen kleinen Karren mit Putzutensilien.

Der Geschäftsführer sagte: »Sie werden bemerkt haben, daß unser Service die anspruchsvollsten Gäste zufriedenstellen kann. Unser freundliches Team ist flexibel und gut geschult ...«

Der Mann rezitierte die Werbebroschüre seines Hotels.

»Ich würde sagen, kommen Sie mal wieder, notfalls mit Ihrer Freundin, zu einer Zeit, wenn es Ihnen und mir besser paßt.«

»Warum?«

Er wartete, als erwarte er etwas, sagte dann: »Mijnheer van Eyck hat uns informiert. Er ist einer unserer besten Gäste, und wir verlassen uns auf sein Urteil.«

»Und sein Urteil lautete?«

»Daß es ratsam wäre ... da wir ja Hochbetrieb haben ... und wegen der Qualität unserer Gäste ... wir können uns keine geschäftsschädigenden Schlagzeilen leisten. Also, ich bin der Ansicht, das *Luxor* und Sie sollten einander vorläufig Lebewohl sagen.«

»Um Platz zu machen für Gerichtsvollzieher.«

»So könnte man es auch ausdrücken.«

»Geben Sie uns etwa drei Stunden«, sagte ich.

»Zwei«, sagte er. Routiniert. Immer und überall feilschen.

»Drei.«

»Aber dann pünktlich.«

»Auf die Sekunde.«

Er dachte darüber nach. »Und tun Sie mir bitte den Gefallen und verlassen das Hotel durch den Personaleingang.«

Ich war müde, so müde. Ich floh in die Spilliaert-Suite.

So, Meneer van Eyck hat gepetzt. Viel Neues kann er nicht erzählt haben. Alle Einzelheiten standen in der Zeitung nach den entwürdigenden Ausfällen im Fernsehen, wo Anna, mein Stern, mein Ein und Alles, dem Reporter der Sendung *Die andere Seite* unbedingt haargenau erklären mußte, was es mit unserer Beziehung auf sich hatte. Wo sie unbedingt plärren mußte, es sei alles ihre Schuld, sie habe sich nicht genügend um ihre Ehe gekümmert, sie habe auch ihre Freunde und Bekannten im Stich gelassen, und das alles, weil sie in den Bann einer obszönen Ex-Pianistin geraten sei. Worauf ein verschwommenes Foto von mir gezeigt wurde. Worauf das Publikum in Studio Zwölf anfing, Buh zu rufen. Das Foto von unserem Urlaub in Schottland, unserer einzigen Reise.

Zwei schreckliche, einsame Wochen später stand Anna vor der Tür. Wieder Geplärre. Sie habe es nicht so gemeint, sie sei *stoned* gewesen, die vom Fernsehen hätten ihr zwanzigtausend Franc bezahlt, sie bitte mich um Verzeihung und könne ohne mich nicht leben, ich sei der einzige Mensch, der sich etwas aus ihr mache.

Und seitdem tröstete ich sie, wenn sie Nacht für Nacht wimmerte.

Die Schüler schlitterten über den vereisten Pausenhof und balgten sich johlend. Ein heller Wintertag. Die Frau des Rektors trug eine Webpelzmütze mit Ohrenklappen und eine rosa Sonnenbrille. Dazu eine Handtasche aus beigefarbenem Lackleder.

»Der Rektor«, sagte sie, »hat nicht die geringste Lust, sich mit Ihrem Fall näher zu beschäftigen. Selbstverständlich ist er dazu gezwungen, und zu gegebener Zeit wird er Ihre Akte abgeschlossen haben. Aber er will nicht ganze Tage damit verbringen. Er findet auch, daß es ein Fall von und für Frauen ist.

Das sagt er natürlich nicht, aber ich kenne ihn schon seit zweiundzwanzig Jahren.

Ich kann Sie beide natürlich verstehen. Ich gehe mit der Zeit. Neue Zeiten, neue Sitten. Aber nicht hier bei uns. Hier halten wir uns an Regeln, wir alle. Und es gibt Beweise. Alle Mitglieder des Kollegiums, die der Rektor befragt hat, sind sich darüber einig, daß es sich um schwerwiegende Verstöße handelt. Es fiel sogar das Wort Provokation. Der Konsum verbotener Substanzen innerhalb der Schulmauern. Zärtlichkeiten am hellichten Tag während der Schulstunden. Und alle wissen Bescheid, daß Sie in wilder Ehe leben, ich kann kein anderes Wort dafür finden.

Sie können Widerspruch einlegen. Selbstverständlich können Sie das. Es ist sogar Ihr Recht. Aber Sie werden eine Menge Scherereien bekommen.

Immer wieder habe ich Sie, Mevrouw Hopkins, angefleht: Ein kleines bißchen Diskretion! Der Rektor ist bereit, sich anzuhören, was Sie zu Ihrer Verteidigung vorzubringen haben, aber machen Sie sich keine Illusionen, ihm steht der Sinn nicht danach, sich um solche Probleme zu kümmern …«

Ich klammere mich an dieses Geschreibe. Ja, ich will Zeit gewinnen.

Es wird später und später.

Ich habe die letzte Ecstasy geschluckt. Ein sanftes, heftiges Feuer. Ist die sechste Etage hoch genug? Niemals werde ich mich auf einem Aluminium-Karren herumfahren lassen, festgeschnallt an Hand- und Fußgelenken.

Die Ecstasy-Pillen sind alle. Pillepalle. *Good riddance.*

Aus Annas Zimmer kommt ein unangenehmer Geruch. Taleggio? Stärker: Munster. Etwas Sterbliches. Ich tippe an die Tür. Ich trommle leise. Ich brenne lichterloh.

»Was ist denn?« sage ich mit Annas kummervoller, dünner Stimme.

»Ich geh noch mal kurz weg«, antworte ich.

»Das ist eine gute Idee. Komm, gib mir noch einen Kuß. Bitte.«

»Ich hab keine Küsse mehr. Der Korb mit den Küssen ist leer«, sage ich mit meiner eigenen, pedantischen Stimme.

»Ach komm.« Dann, anämisch, noch zweimal. »Ach komm. Ach komm.«

Jemand hindert mich daran, zu Anna zu gehen. Jemand drückt meine Schultern nach unten, bis ich mich in einem verdrehten Lotussitz auf dem Teppich wiederfinde.

Dieser Jemand ist eine Dame im Kostüm. Ich sehe ihre schieferfarbenen Schuhe mit den Knöchelriemen. Sie streichelt mir übers Haar, packt meine Haare mit eisenstarken Fingern und zieht meinen Kopf hoch an ihr Geschlecht, sie drückt mich fest an den Stoff, Spitze und Seide, an eine weiche, aber muskulöse Haut.

Auf dem Gang steht eine Schuhputzmaschine. Ich halte die nackten Füße daran, Sohle und Zehen. Anna kitzelte meine Fußsohlen, ich ihre Achseln. Schauen, wie lange man es aushält.

Als sie zum erstenmal in mein kühles, leeres Haus kam, sagte Anna: »Ich trau mich nicht. Ich habe oft daran gedacht, es mir in der Phantasie vorgestellt. Stehst du nur auf Frauen?«

»Ziemlich.«

Sie kicherte. »Was ist denn das für eine Antwort?«

»Ich steh auf ...« Ich hielt den Atem an. Ich sagte: »Auf dich.«

Wir zogen einander aus. Sie zitterte. Zu spät fiel mir ein, daß ich den Kamin hätte anzünden sollen. Ich hatte wenig Lust, jetzt splitternackt Holzklötze herumzuschleppen.

»Was möchtest du trinken? Ich hab Sherry und Portwein da.« Als wäre ich ein Aufreißer in einem Nudistencamp.

»Nichts«, sagte Anna. »Ich will ganz bei der Sache sein. Bei nichts anderem. Zeig es mir, bring es mir bei.«

Meine Finger, meine Handgelenke schmerzen. Gut so. Irgendwo muß die Zerstörung der Instrumente beginnen. Kein einziger Klang mehr. Ich hätte gern noch Martha Argerich gehört. Mit dem Konzert Nr. 3 von Bartók. Ihr Temperament, ihre Könnerschaft, die Trauer und die Kraft der Wunschträume. Das Adagio!

Ich komme mir schon wie ein Musikkritiker vor.

Argerich: virtuose, zickige Trulla.

Anna grübelte. Sie zog eine Bluse aus Doppelkrepp aus, eine andere aus schwerer Seide an. Meine Geschenke.

»Warum bist du so nervös?«

»Ich hab meine Tage.«

»Das ist es nicht.«

»Was sollte es sonst sein?«

»Morgen oder übermorgen wirst du es mir doch sagen.«

»Mir ist warm, das ist alles.«

»Anna ...«

»Darf ich mir etwa keine Sorgen machen? Die Miete, die Schulden, nichts in Aussicht, gar nichts.«

»Das ist es nicht.«

»Ich bin schwanger«, sagte Anna.

Am liebsten hätte ich geschrien: »Du Schwein, von wem, wann, wie? Wo dein Wardje gerade erst unter der Erde ist!« Ich brachte keinen Ton heraus.

»Bist du mir jetzt böse? Ich konnte nichts dafür. Er wollte mich trösten.«

Patrick hatte sie getröstet, im Schlafzimmer, in den frisch gewaschenen, frisch gebügelten und nach Lavendel duftenden Laken.

»Mir ist jetzt alles egal. Ich bin vollkommen leer«, sagte Anna.

»Und diese Leere hat Patrick mit seinem Schwanz gefüllt.«

»Hach, was bist du witzig.«

»War ich noch nie.«

»Und du warst nicht da. Du hast mich alleingelassen.«

»Wann?«

»Nach der Beerdigung.«

»Wann nach der Beerdigung?«

»Am Mittwoch danach.«

»Da war ich doch da.«

Warst du nicht, war ich wohl, tristes Geplänkel.

Pfadfinder radelten vorbei. Wardje wollte auch einer werden.

Ein Sportflugzeug flog in vollendetem Bogen über das Dorf. Auf der Suche nach einem ungezogenen Kind.

An jenem Mittwoch war ich nicht dagewesen. Ein Rezital mit Kommentar für den Elternverein von Aalst. Von Purcell bis Liszt. Zehntausend Franc plus Fahrtkosten.

Anna legte sich hin, richtete die Kissen, lag mit gefalteten Händen still, eine liegende Betende.

»Gib mir das Foto.« Sie betrachtete es wie einen neuen, fremdartigen Gegenstand.

»Du hättest ein Brüderchen gehabt«, sagte sie und küßte das Foto. Auf dem Foto trug Wardje die dunkelrote Uniformjacke mit Goldknöpfen, die er als Hotelpage in der Operette *Der Graf von Luxemburg* anhatte.

Anna legte das Foto auf den Nachttisch neben die beiden Täfelchen Milchschokolade vom Hotel.

Sie wollte nicht mehr naschen. Wegen der Linie.

Neben dem Foto liegt die Mitgliedskarte des Vereins »In Würde sterben«. »Falls mein körperlicher oder geistiger Zustand« – geistiger mit Lippenstift unterstrichen – »so hinfällig ist, daß keine berechtigte Hoffnung mehr besteht ...«

Ich bin nicht Mitglied dieses Vereins. Ich will in Unwürde sterben.

Ich bin zu lange in diesem Zimmer. In der rechten Hand bekomme ich einen Krampf. Mir ist schwindlig vor Wut. Weil ich Patrick heraufbeschworen habe.

Patricks Schleim in ihrem Haar. Ein schleimiger *clone* entsteht. Ist jetzt schon sichtbar. Nein, nicht fürs bloße Auge. Was für eine Vorstellung!

Ich beschließe zu gehen. Ich ziehe die schweren Schnürschuhe an. Ich schließe die Tür zu Annas Zimmer auf. Ich will meine Braut sehen. Jetzt, wo unsere Flitterwochen vorbei sind.

Am Kopfende des Bettes sind Decken, Kissen, Pullover, Handtücher aufgetürmt. Der Haufen ist bespritzt. Neben der liegenden Gestalt ohne Kopf und Schultern eine schimmernde Blutlache, wie ein kleiner See. Blut ist durch die Matratze gesickert und auf den langflorigen Teppich getropft. Ein scharlachrotes Schlachtfeld mit glitzernden und matten Flecken, Tomatensauce, die fast getrocknet ist.

Mir geht durch den Kopf, daß ich Annas Blutgruppe nicht weiß. Ich kann den Unterrock, die Knie, die alabasternen Füße sehen. Ich gehe zum Bett, meine Füße machen auf dem blutenden Teppich ein schmatzendes Geräusch.

Ich ziehe eine Decke weg, der Hügel aus durchweichtem Stoff fällt auseinander, neben Anna. Ich höre ein Geräusch, das sich wie Zähneknirschen oder wie ein knarrendes Bett anhört.

Ich schlage zwei Decken zurück, Blut tropft von meinen Fingern.

Anna ist dünner als in meiner Erinnerung. Die Lippen sind bleich. Ein Auge ist geschwollen, violett. Die Wange schmeckt nach Medizin.

Ich reibe meine Wange an ihrem glatten, muskulösen, gepflegten Bauch, an ihrem Schamhaar, das ich vor einer Woche noch geschnitten habe. Ich sage ihr, daß ich umkomme. Ich stehe auf, ich schwanke, ich lehne mich an den Kleiderschrank, der ebenfalls ein knarrendes Geräusch macht. Ich stecke mir die beiden Täfelchen Milchschokolade in den Mund. Ich lasse sie schmelzen, ich lasse den braunen Brei in Annas Nabel tropfen, ich lecke über den Nabel und die Hüften, die kalt und knochig sind. Ich bin es, die knurrt und knarrt und krächzt. Ich halte ihr die Nasenlöcher zu. Ich sage ihr, daß ich sie liebe, ich sage es in ihrem Dialekt: *Ich hon dich gähn.*

Ich drücke das unversehrte, starre Auge zu. Sie darf mich nicht sehen, auch wenn sie mich nicht sehen kann. Ich will sie nicht zum Leben erwecken. Es ist vollbracht. Nicht wie geplant, aber doch effektiv.

Wie es geschehen ist, habe ich in meinem Brief an den Notar genau aufgeschrieben. Nur eine Nachricht auf dem stumpfsinnigen, fast durchsichtigen Briefpapier des Hotels mit der tigerartigen, schielenden Sphinx.

Sodium thiopental und man verliert das Bewußtsein, dann *pancuronium bromide,* und die Lunge versagt den Dienst, und als letztes *potassium chloride,* und das Herz bleibt stehen. Nicht zu früh.

Ich küsse sie mit einer Liebe, von der mir übel wird. Meine Lippen streifen ihre Ohrmuschel. Ich ziehe ihr den antiken Silberring, den ich ihr zum Geburtstag geschenkt hatte, vom Finger und versuche ihn über meinen kleinen Finger zu schieben. Es geht nicht. Mit einem Schluck von dem Seven-Up, das Anna zur Hälfte getrunken hat, schlucke ich den Ring hinunter.

Nein, Mama, nicht, um den Hinterbliebenen ein

Schnippchen zu schlagen. Hinterbliebene sind keine mehr geblieben.

Ich schaue auf den unkenntlichen Körper, bleich und makellos. Nur der Hals ist zerstört. Aus der gezackten Öffnung der Kehle und den zerfetzten Stimmbändern hat sie noch geröchelt.

Anna ist naß von innen. Mein Mittelfinger und Zeigefinger streicheln, bewegen sich. »Komm«, sage ich. Sie rief meist: »Ich komme, ich komme.« Jetzt spannen sich ihre Oberschenkel und Waden nicht. Ich streichle sie mit vier gestreckten Fingern. Meine Hand wird müde. In der gräßlichen Stille ist ein leises Schlürfen zu hören.

Ich will weiter mit meiner kaputten Puppe spielen. Ich drücke meinen Kopf an ihre Lenden, kann aber nicht die Spur von Wollust hervorrufen. Wie in jener anderen Zeit.

In unseren Flitterwochen. Schamlos provozierten wir unsere Umgebung, und Annas Familie mit ihrer Mutter an der Spitze, die Lehrer, die Priester, die Buchhalter, die Direktion, der Sportlehrer waren gekränkt, verärgert, riefen nach der Polizei, nach Strafe.

In jener nebligen, diesigen Zeit. Bis ich aus der Schule gejagt wurde wie eine läufige Hündin. Und Anna mit in den Abgrund zog. Anna, die, wenn ich in irgendeinem Provinznest ein Rezital gab, applaudierend in der ersten oder zweiten Reihe saß. Eine andere Anna, die den Namen ihres Kindes rief, brüllte, nach Luft schnappend, den Namen herunterschluckend, es klang wie »Rattje, Rattje«. Die Wimpern fielen ihr aus.

Ich sagte: »Es ist eine Krankheit. Wie Gürtelrose oder Knochenkrebs. Es hat einen Namen, aber ich komm einfach nicht drauf. Etwas Lateinisches. Es gab einen deutschen Schriftsteller, der darunter litt. Der sein ganzes Leben nach einer Frau gesucht hat, die mit ihm aus dem Leben scheiden wollte.«

»Hat er sie gefunden?«

»Ja. Henriette hieß sie, glaube ich.«

»Ich denke an nichts anderes«, sagte Anna.

»Dann bist du meine Henriette«, sagte ich.

»Wie hieß sie mit Nachnamen? Na, du weißt doch sonst alles?«

Sie wandte mir den Rücken zu und begann mit der vertrauten Litanei.

»Ich habe nichts. Ich habe kein Kind. Ich habe kein Geld. Ich habe kein eigenes Zuhause, ich habe keine Familie. Ich habe nur dich, und dich habe ich auch nicht.«

Ich zog sie auf meinen Schoß, sie ließ es zu, ich wiegte sie.

»Würdest du dich trauen?« fragte sie vorsichtig.

»Ich trau mich schon seit meinem zwölften Lebensjahr.«

»Dafür scheint's dir aber noch super zu gehen.«

»Super.« Ich hasse das Wort.

»Wetten, daß ich mich traue«, sagte Anna. Sie sprang unvermittelt auf.

»Um was wetten wir, daß ich mich traue? Mit dir!«

»Um die Ehre.«

»Emily, Emily.«

»Wenn du die Wette gewonnen hast, kannst du dir den Gewinn ja nicht abholen.«

»Um die Ehre«, sagte sie. »O.k. Wie? Los, komm. Emily, ich bin deine Henriette. O.k.? Wenn es nur nicht weh tut. Wenn's nur einen Tick weh tut, mache ich nicht mit.«

Sie tanzte mit Trippelschritten, ihre Hüften wiegten sich, vibrierten. Ein Conga ohne Musik.

Esthers putziges Gesicht lächelte mich verschwörerisch an. Sie stand mit einer Schale Mandelplätzchen und Marzipankonfekt in der Tür.

»Mit den besten Grüßen von Mijnheer Maurice«, sagte sie.

Ich war außer Atem, denn als es klingelte, war ich wie ein Känguruh durch den Wohnraum gesprungen und hatte das Fenster weit aufgerissen.

»Ich muß jetzt hier saubermachen«, sagte Esther. Sie ging an mir vorbei ins Zimmer, stellte die Schale aufs Büfett.

»Die Zeit ist noch nicht abgelaufen«, sagte ich.

»Mijnheer Maurice erwartet immer das Schlimmste«, sagte sie. »Darf ich mich kurz setzen? Eine Minute?«

Ich nickte.

»Mijnheer Maurice traut sich nicht, selbst zu kommen. Er hat Angst vor Ihnen.«

»Sag ihm … daß ich … daß wir …« Mich überkam Panik, mein Herz hämmerte.

»Ich werde sagen, daß Sie mit dem Packen fast fertig sind.«

Das Meeresrauschen drang ins Zimmer. Esther holte ein Notizbuch hervor und reichte es mir.

»Ich werde Mijnheer Maurice sagen, daß ich Ihnen

beim Packen geholfen habe und daß Sie noch eine Stunde brauchen. Es wird ihm nicht weiter auffallen, er hat ziemlich viel mit den Gerichtsvollziehern zu tun.«

Es war ein billiges Notizbuch mit kariertem Papier.

»Würden Sie mir bitte ein Autogramm geben, und Mevrouw auch? Ich wußte gar nicht, daß Sie beide BFs sind.«

»BFs?«

»Bekannte Flamen. Ich hab schon, schaun Sie mal, den Sänger Arno und die Gruppe *Opium*, und Will Tura und Minister van Rompuy. Und da, das ist die letzte Sektprinzessin. Mijnheer van Eyck hat mir von der Fernsehsendung über die Frauen erzählt, die ein Kind verloren haben und sich nicht mehr unter die Leute wagen.«

Ich kritzelte etwas mit ihrem Bleistift.

»Könnten Sie bitte auch Ihre Freundin fragen?«

»Die schläft noch. Soll ich für sie unterschreiben? Ich kenne ihre Handschrift sehr gut.«

»Bloß nicht«, rief Esther verdutzt. »Das würde mein ganzes Buch ungläubig, unglaubhaft machen. Ich bitte sie nachher darum, wenn ich das Gepäck hole.

Ach, noch was. Könnten Sie auch das Datum dazusetzen?«

Versprechen darf man nicht brechen. Ich spüre einen Kloß im Hals. Nur mit Mühe kann ich schlucken. Als ob Annas silberner Ring steckengeblieben wäre.

Es wird Zeit, daß ich meinen Teil der Wette vollbringe. Wenn das Heft voll ist. Länger als mein Heft will ich nicht leben. Es muß schön voll werden, bis auf die letzte Seite, den letzten Absatz. Das ist der Auftrag.

Ich stelle mir vor, Mama, daß Du im Krankenhaus gefesselt bist, an Hand- und Fußgelenken festgebunden, denn Du willst das Bett verlassen, Du willst durch die Flure laufen, mich suchen.

Und festgenagelt in Deinem nassen Bett bist Du gezwungen, Dir meinen Bericht anzuhören. Ich werde ihn Dir vorlesen, falls ich noch Zeit dazu habe. Von Anfang an, mit getragener, fast abgeklärter Stimme. So wie ich Dir zuhören mußte, wenn ich bei Dir im Bett lag. Wir trugen beide das gleiche Nylonnachthemd, rosa mit Rüschen um den Hals. Obwohl ich lieber meinen Schlafanzug mit den sieben Zwergen anzog.

Du hast mir immer dieselbe Geschichte erzählt, vom Wichtel Kribbelkrabbel und dem Kaninchen Kannichtmehr. Wie sie sich gegenseitig kitzelten.

Du hast mich gekitzelt, Du warst das Kaninchen, obwohl Du dafür zu massig warst mit deinen großen Brüsten, die sich aus dem Nachthemd lösten und schaukelten mit aufgerichteten, steinharten Warzen, an denen der unartige Wichtel saugen mußte. Und dann mußte Kribbelkrabbel im geheimen Wäldchen nach Marienkäfern suchen, die er niemals fand, auch nicht, wenn das Kaninchen die Pfoten spreizte und in der Luft wippte. Wichtel Kribbelkrabbel wollte auch gern wippen und kletterte auf das üppige, gespreizte, duftende Säugetier. Weil das Kaninchen Angst hatte, der Wichtel könnte herunterfallen, schlang es seine Pfoten um Kribbelkrabbels Lenden. So ritten sie jauchzend durch die Wolken. Die Schlafzimmertür stand dabei immer einen Spalt offen, denn ich konnte einen eleganten, schwermütigen Mann in einem zerknitterten, naturfarbenen Leinenanzug sehen. Oder in Knickerbockers.

Als dieser Mann von einem auf den anderen Tag wegblieb, hast Du mir nichts mehr erzählt, und Kribbelkrabbel durfte auch nicht mehr ins Schlafzimmer. Im Kinderzimmer weinte er und war verwirrt, weil ihm die haarige Wärme fehlte.

»Wir haben was vergessen«, sagte Anna im Bett. »Die Anzeige in der Zeitung. In tiefer Trauer geben wir bekannt.«

»Nein«, sagte ich. »Keine Anzeige.«

»Du bist aber auch nie für einen Spaß zu haben.«

Wir setzten eine Todesanzeige auf. »Um bis in die Ewigkeit an der Verheißung unseres auferstandenen Herrn teilzuhaben, gingen von uns Anna und Emily, Schwestern und Geliebte.«

»Wardje hatte keine Anzeige«, sagte Anna. »Das hab ich glatt vergessen.«

»Wir können ihn mit auf unsere setzen«, sagte ich. »Die sterbliche Hülle …«

Anna schob mich weg. »Rück mal ein Stück, sterbliche Hülle«, sagte sie.

»Was meinst du? Machen wir noch einen Spaziergang über den Deich?«

»Nein«, sagte Anna. »Da fahren kleine Jungs Rollschuh.«

»Jetzt?«

»Jetzt.«

Ich schüttete die Pulver in ein Glas Wasser.

Ich gab ihr das Glas mit den Pulvern.

Sie zog die Augenbrauen hoch. Schaute in den Spiegel. »Ich bin nicht schön genug.«

Ich schminkte ihr die Augenlider. Pfauengrün. Ich rieb Perlmutt auf die Brauenknochen und Babyöl auf die Brauen. Ich zog ihren Mund mit dunklem Lippenstift nach.

»Languido, un poco misterioso«, sagte ich.

»Besser«, sagte sie.

Sie kostete die Flüssigkeit. »Schmeckt eklig.« Ich küßte sie lange auf den Mund.

»Austern«, sagte ich.

Ich nahm ein paar Kopfkissen aus dem Schrank, schob sie ihr in den Rücken.

»So ist es gut«, sagte sie. »Ich will dich die ganze Zeit sehen können.«

»Zieh dich aus.«

»Möchtest du das?«

»Sonst würde ich dich nicht darum bitten.«

»Du bittest nicht. Du befiehlst.«

»Zieh dich aus.«

»Ganz?«

»Ganz.«

»Du auch«, sagte Anna.

»Warum?«

»Mitgegangen, mitgefangen, mitgehangen.«

»Ich seh schon die Schlagzeile in *Dag Allemaal* vor mir. NACKT UND LEBLOS.«

»Mitleidslos«, sagte sie.

»Cheers, Emily«, sagte sie und trank. Sie stieß auf. »Ich bin glücklich«, sagte sie. »Komm her.«

Mit ihrem Lippenstift malte sie mir drei Striche auf die Wangen. »Unser Kriegszeichen«, sagte sie.

Und dann fiel ihr der Lippenstift aus den Fingern.

Auch sie fiel. Rücklings. »Au«, sagte sie. »Au.« Sie warf den rechten Arm in die Luft, als würde sie einen Ball zum Korb werfen. Sie deutete auf mich. Ihre Augen traten hervor, ihre Brust bebte.

Es lief etwas schief. Fürchterlich schief. Sie klapperte mit den Zähnen. Der eben noch so träge, lethargische Körper wurde von Krämpfen erfaßt, stieß sich von der Wand ab und sprang mich an.

»Wer bist du?« rief Anna mit rauher Stimme. Ihr Mund stand schief. Ein Schlaganfall?

»Wer bin ich wohl?« sagte ich halb lachend.

»Wer? Warum?« Ein Grinsen, das ich noch nie zuvor bei ihr gesehen hatte, entblößte ihr Zahnfleisch.

»Emily«, sagte ich. »Ein Meter siebzig, sechzig Kilo.«

»Nein! Niemals!« schrie sie.

»Hör auf«, rief ich noch lauter. Ich packte ihre Handgelenke. Sie war zu stark für mich. Ihre Kraft hatte sich vervielfacht. Sie wollte sich an mir festkrallen. Ich wehrte sie ab. Sah dann, daß graue Schaumflocken von ihren Lippen spritzten.

Ich hatte nicht gewußt, daß sie Epileptikerin war. Ich war wütend, daß sie es mir die ganze Zeit verschwiegen hatte. Ich schlug sie. Sie warf sich auf mich und umklammerte meinen Hals. Ihre steinharten Daumen preßten mir die Luft aus der Lunge.

Was ging hier vor? Hatte ich ihr das falsche Pulver gegeben? Oder – und das wurde mit jeder Sekunde wahrscheinlicher – hatte Jean-Marie, der alternative

Arzt mit dem Pferdeschwanz, mein Vertrauter, uns bestrafen wollen? Hatte er all die Jahre Groll gegen mich gehegt und seine Rachegelüste unterdrückt, dieser Mann, der Medizin studiert hatte, weil er vom Thema Tod und Todeskampf gebannt war und den ich deshalb damals, als wir miteinander verlobt waren, den »Totengräber« nannte?

Ich hatte keine Zeit, darüber nachzudenken. Annas Klauen, ihr Knurren überrumpelten mich. Plötzlich wurde mir bewußt, daß es keinen anderen Ausweg gab, unser Opfer zu vollbringen. Was Anna und ich bisher an Theater aufgeführt hatten, mit der bequemen Möglichkeit, jeden Augenblick den Vorhang fallen zu lassen – Verzeihung, geneigtes Publikum, wir haben Sie hier wie Marionetten, die das Leben mimen, verarscht – wurde nun zu einer unerbittlichen Wahrheit.

So fest ich konnte, versetzte ich Anna einen Faustschlag, der von ihrem Kiefer abprallte. Ein schneidender Schmerz durchfuhr meine Fingerknöchel. Emily zertrümmerte ihre Instrumente. Es machte mich rasend. Mein zweiter Faustschlag spaltete ihre rechte Augenhöhle.

»Was machst du da? Wer bist du?« heulte Anna. Sie schien keine Schmerzen zu empfinden. Während unseres keuchenden, animalischen, unbeholfenen Kampfes tastete sie hinter sich und fand ein Paket Watte, einen Kamm und dann eine Nagelfeile, mit der sie nach meinen Augen stieß. Ich konnte gerade noch ausweichen. Ich, Emily, trat Anna in den Bauch, in dem Patricks Kind schwamm. Ich entwand ihr die Nagelfeile. »Nicht doch«, sagte sie befremdend sanft. Ich stach ihr die Spitze, so tief ich konnte, in den Hals. Ich zog die Feile zur Seite. Aus dem rauhen Schnitt quoll das Blut und spritzte über uns beide. Anna sank zusammen, schlug mit der Schläfe an der Bettkante auf. In ihrem Genick knarrte etwas wie eine Tür, wie Holzdielen. Ich stopfte ihr das Hermès-Tuch aus Wildseide in den Mund. Sie hustete kaum. Sie erstickte, kein Wort mehr, kein Seufzer, und lag still da. Nur das Blut strömte weiter.

Als ich aufstand, zuckte mein ganzer Körper.

»Anna, Anna.« Sie hörte es nicht. Ich stopfte Watte in die Öffnung an ihrem Hals, das ganze Päckchen. Ich zog mühelos ihre Lippen, ihre Zähne auseinander und blies ihr in den Mund, wie ich es mal gelernt hatte. Ich hörte nicht auf damit. Ich vergaß, daß ich ihr die Nase zuhalten mußte, ein Schwall Blut spritzte mir in den Hals.

Eine halbe Stunde später war sie noch nicht zum Leben erwacht. Ich zerrte sie ins Bett und warf Laken und Decken und die Kopfkissen, die ich im Einbauschrank fand, auf sie.

Unter den Sternen ging ich zum Wasser. Das Meer erwartete mich nicht. Zaghafte Schritte auf dem nassen Sand, mit den Schuhen in der Hand.

Das Meer war zu weit weg, zu ruhig, es plauderte.

In der Ferne der neugotische Bahnhof wie eine vage, verwischte Kohlezeichnung. Ich zog meinen Slip aus, warf ihn weg. Ich bin geschafft. Ich falle sanft auf den nassen Boden. Ich bleibe liegen. Ich hebe mein Kleid hoch, ziehe es mir über den Kopf, der vor Schmerzen hämmert. Durch die Maschen flackern die Lichter der Straßenlaternen wie nahe Punkte, Sterne. Mir fallen die Augen zu.

Ich spreizte die Beine, so weit es ging, meine Lenden waren dehnbar. Ich drehte mich auf den Bauch, mir war schwindlig. Blind wartete ich auf etwas, jemanden, geil, ausgeliefert mit gelähmten Schenkeln. Ich konnte nicht schlucken. Meine Kehle, in der ein Ring gefangen war, brannte. Säure, Ammoniak, Annas Blut. Kribbelkrabbel kribbelte es überall. Gesicht im Sand begraben.

Nichts offenbarte sich. Kein einziger Tourist, kein einziger Jogger, kein einziger Voyeur. Nicht mal das.

Ich pinkelte im Liegen. Mein steriles Fruchtwasser.

Ich wurde wach, als Fliegen um meinen verschwitzten Kopf schwirrten.

Vor mir hockte ein Mann und starrte mich an. Er war sonnengebräunt wie ein südländischer Fischer. Auf seinem T-Shirt stand: Bademeister Leon. Mein Kleid bedeckte mich sittsam. Ich rappelte mich auf, zog das Kleid glatt.

»Ich habe Sie angezogen«, sagte Leon. »Wegen dem ganzen Gesindel, das sich hier herumtreibt.«

Er suchte in seiner Hosentasche und warf mir meinen zerknitterten Slip zu. »Wenn ich mich nicht täusche, gehört der Ihnen?«

»Danke«, sagte ich.

»Ich hab schon öfter nackte Frauen gesehn.«

»Kann ich mir vorstellen.«

»Wenn Sie einen Liegestuhl möchten ...«

»Nein, danke.«

»Normalerweise nehme ich dafür sechzig Franc die Stunde. Aber jetzt, wo noch nicht viel los ist, kann ich Ihnen einen Preis für den ganzen Vormittag machen.«

»Danke«, sagte ich. »Ich werde erwartet.«

Ich zog den Slip unterm Kleid an. Ich tastete. Ich war trocken. Emily, der Trockenofen.

»Ach, du liebe Zeit, das schau sich einer an«, sagte Leon.

Über die Uferpromenade bewegte sich ein kleiner Umzug. Männer, die in betrunkenem Zustand hintereinander liefen, die Hände auf den Schultern des Vordermannes. Sie tanzten mehr oder weniger im Takt ihres skandierten Gebrülls. Ich verstand: »Auf-wands-entschädi-gung, Lei-stungs-zu-lage, weg mit Minister van-den-Bossche, Aufschwung-durch-Zwangs-vollstreckung.« »Conga, Conga«, sagte Leon.

Van Eyck, der neben der Polonaise ging und Fotos machte, erblickte mich und stieß ein Triumphgeheul aus. Er zeigte auf mich. Die Kette der im Profil Hüftenwiegenden zerbrach. Johlend rannten die Männer mit knallenden Sohlen über die schimmernden, cadmiumgelben Steinplatten der Uferpromenade. Funken sprühten von ihren Schuhen. »Hoi, hoi, hoi«, riefen sie und stürmten die Böschung des Deichs hinab, direkt auf mich zu. Sie schwenkten Äxte, Handsägen, Fleischerhaken, die in der ersten schwachen Morgensonne aufblitzten. Eine Wolke in der flockigen Form eines sich aufbäumenden Pferdes schob sich vor die Sonne.

Dann ging ich nach Hause. Ins Haus der Liebe, *Luxor,* in die Arme meiner Braut, zu meiner *gisante.* Ich singe leise eine tote Sonate.

It's now or never.

Ich habe die Nacht.

DER SCHLAFWANDLER

There's not a woman turns her face
Upon a broken tree,
And yet the beauties that I loved
Are in my memory;
I spit into the face of Time
That has transfigured me.

W. B. YEATS

»Agnes, dreimal darfst du raten«, sage ich, als ich die Küche betrete, wo Agnes mit dem klappernden Mixmaster hantiert. Wieder einmal habe ich den falschen Augenblick gewählt. »Moment«, sagt sie. Das Geratter ebbt ab und verstummt. Agnes pustet sich mit Schmollippen eine Haarsträhne von der glänzenden Nase.

»Was hast du gesagt?«

»Dreimal darfst du raten, wem ich begegnet bin.«

»Na sag schon«, seufzt sie. In der Küche riecht es nach Teig.

»Frans Naessens.«

Sekundenlang scheint es, als würde sie die Bänder ihrer Schürze im Rücken aufknoten, der Schürze, auf die »Black Death« gedruckt ist, flammende Buchstaben rings um einen Totenschädel, zwischen dessen Pferdezähnen eine Zigarette steckt. Doch sie macht es nicht, sie wischt sich die Hände an den Hüften ab, die in den letzten Monaten auffallend breiter geworden sind.

»Frans Naessens«, sagt sie vor sich hin. »Wie lange ist das eigentlich her?«

»Etwa zehn Jahre.«

»Mindestens.«

»Er sah elend aus.«

»Kann ich mir vorstellen.«

»Warum?«

»Er hat sich doch kaputtgesoffen.«

»Damals ja.«

Sie nimmt das italienische Kochbuch, das schon ziemlich mitgenommen aussieht, von der nassen Spüle und blättert darin.

»Was hältst du von Marsala-Eis?«

»Köstlich. Ausgezeichnet.«

»Für meinen Vater, meine ich.«

»Ach, dem schmeckt alles. Hauptsache, er bekommt Pasta.«

»Bekommt er. Spaghettini.«

»Frans Naessens hat mich gefragt, wie es dir gehe.«

»Und – konntest du ihm eine erschöpfende Auskunft geben?«

»Du kennst mich doch. Ich habe gesagt ...«

Sie wartet meine Antwort nicht ab, sie lächelt zum ersten Mal heute. »Da ist ja mein Racker!« ruft sie, nimmt Willem, unseren roten Kater, am Nackenfell hoch und wiegt ihn dann wie ein Baby. Willem kneift die Augen zu und schnurrt sofort los.

»Ich weiß, was du gesagt hast«, sagt Agnes. »Daß wir in Frieden, Freude und Wohlstand kinderlos glücklich sind.«

Sie krault Willem am Bauch. Er beißt sie ins Handgelenk, sie bestraft ihn mit einem Nasenstüber. Er springt weg, und Agnes kichert wie ein kleines Mädchen, das ganz allein im Keller Verstecken spielt.

»Du kommst nie drauf, wo ich einen Pimm's getrunken habe.«

»Heute Vormittag?«

»Ja.«

»Nein, da komm ich nie drauf.«

»Im St.-Rochus-Club.«

»Mit deinem Herzensfreund Frans?«

»Mit meinem früheren Kompagnon Frans. Aber vorher hat mich noch ein schwachsinniger Radler angefahren.«

Ich ziehe das rechte Hosenbein hoch und zeige ihr die bizarr aussehende Schramme auf meiner papierweißen, jodbespritzten Wade. Auch auf meinem zerrissenen Hosenbein sind rote Spritzer.

»Hat er es mit Absicht gemacht?«

»Wer?«

»Der Radler.«

»Schon möglich. Ein widerlicher Typ. Er ist mit dem Reifen in eine Straßenbahnschiene geraten und mir direkt in die Arme gestürzt.«

»Hast du die Versicherung angerufen?«

»Noch nicht.«

Vor zehn, zwölf Jahren waren Frans Naessens und ich beim Pferderennen von Waregem. Das Pferd, auf das wir beide hohe Summen gesetzt hatten, Eclésiaste, schaffte die Kurve nicht und knallte auf eine Absperrung. Das Blut strömte ihm aus dem Bauch, es sah aus, als schleifte es einen klatschnassen, scharlachroten Teppich mit. Es stolperte weiter, in unsere Richtung, blutend und dampfend kroch es direkt auf uns zu. Es war das letzte Mal, daß ich Naessens sah.

Bis heute.

Im Wohnzimmer steckt sich Agnes die zigste Camel-ultralight an. Hustend nimmt sie die Schürze ab. Sie wirft sie auf den stromlinienförmig gestreckten Arm der futuristischen, polychromen Plastik von Matwejew. (Matwejew, Anfang zwanzigstes Jahrhundert. Ersteigert in der Trump-Tower-Auktion.)

Heute ärgert es mich noch mehr als sonst, daß sie die Plastik als Garderobe benutzt.

Sie läßt sich aufs Sofa fallen, das Kochbuch auf dem Schoß. Ich nehme die Schürze von der Plastik und frage, wann die Putzfrau kommt.

»Jetzt gleich. Warum?« sagt Agnes, ohne aufzublicken.

»Mein Zimmer braucht sie nicht zu machen.«

»Warum nicht?«

»Ich leg mich ein wenig hin.«

»Jetzt?«

»Jetzt.« Im Flur befördere ich die Schürze mit einem Tritt bis fast an die Decke. Flatternd fällt der Lappen auf die Treppe, wo ich ihn liegenlasse.

In meinem Zimmer, das Agnes mein Büro nennt, ziehe ich den Pyjama an, nehme eine Valiumtablette und strecke mich auf dem Bett aus.

Ich versuche mir die wichtigsten Stücke der Auktion (Topauktion) von übermorgen in Knokke zu vergegenwärtigen. Den französischen Brautschrank aus dem achtzehnten Jahrhundert, die Hängevitrinen, den Louis-Philippe-Prunkschrank. Es klappt nicht. Meine Augen gehen auf und zu.

Den konvexen Spiegel mit dem Holzrahmen, Regency, ungefähr achtzehnhundertsiebzig.

Frans Naessens' Gesicht. Flache Stirn, Himmelfahrtsnase, aufgedunsene Wangen. Im Profil gesehen war seine Nase eine Ausstülpung, ein Irrtum, schludrig in die Paste des Mondgesichts gepflanzt. Als sei dem plastischen Chirurgen während der Operation das Material ausgegangen.

Zuweilen sah Frans mit seinen meergrünen Kontaktlinsen wie ein frischgebackener Witwer aus. In seinem langen, wollenen Cardigan von Versace.

Früher hatte er schulterlanges, sepiabraun gefärbtes Haar, das er manchmal zum Pferdeschwanz band. Vorhin, auf der Schwelle des St.-Rochus-Clubs, war sein Haar sehr kurz geschnitten. Zu feige, sich den Schädel völlig kahl zu scheren.

Was sonst noch? Die vertikal verlaufende Narbe an der linken Schläfe.

Es war in Kalabrien, beim Sonnenuntergang, auf der Terrasse der Villa, die wir für einen Monat gemietet hatten. Jules war da, Dora, Camille, Frans, Laura, ich. Wir saßen an dem Steintisch. Worum ging es bei dem Streit? Hauptsächlich um einen jungen Fischer, der nur kalabrisch sprach, Emilio; er war unaufgefordert mit mehreren Stangen geschmuggelter Zigaretten auf der Terrasse erschienen und ließ sich nach einer Woche nicht mehr verscheuchen. Doras dreiundfünfzigste Eroberung. Sie führte ordentlich Buch.

Emilio hatte eine Flasche Grappa mitgebracht und trank selbst das meiste. Als die Flasche leer war, schielte er unverfroren nach Camille und streckte seine bewegliche Zunge nach ihr aus.

Das letzte Sonnenlicht, gleißend und tief, vor den bröckelnden Mauern, den Rebstöcken, den ziegelroten Blumentöpfen.

Unsere Norwegische Waldkatze Dixie, Willems Vorgängerin, lag im technikolorgrünen Gras flach auf dem Bauch.

Emilio nahm die Baseballkappe ab und kratzte an den Krusten auf seinem Schädel. Er hob ein Lied an, das den Ruhm des Fußballvereins Reggio besang. Worauf Frans und Jules fürchterlich falsch die Hymne Flanderns, den »Flämischen Löwen«, brüllten.

Emilio begann auf kalabrisch zu zetern, die wilden, eifersüchtigen Augen auf Camille gerichtet.

Frans erhob sich. Wie in seinen geliebten Schwarzweiß-Western oder -Thrillern aus der Vorkriegszeit zerschlug er die Grappaflasche an der Kante der Terrassenmauer. Mit dem Flaschenhals fuchtelnd schnaubte er: »Come on, come on, motherfucker«, mit unsicherer, hoher Stimme im Antwerpener Amerikanisch.

Camille lächelte Emilio fast zärtlich zu, der leichenblaß unter den ovalen Steintisch kroch.

Daraufhin zerrte Dora an Emilios T-Shirt, und mit der Spitze einer Nagelfeile (oder mit dem scharfen Nagel ihres Zeigefingers) zog sie einen Strich, eine Spur in Frans' Gesicht, zwischen Augenbraue und Ohr. Frans fuchtelte weiter mit dem Glasstück herum. Er traf niemanden, nichts, nur seine rechte Brustwarze.

Später stillten die Frauen das Blut, tupften es ab, besänftigten Frans. Nur Laura machte nicht mit, gähnend streckte sie sich wie eine Löwin aus.

Bin ich schon auf dem *Kouter*? Noch nicht.

Ich ging an der überdachten Konzertbühne vorbei, wo sonntags die Blaskapellen aus der Provinz schmettern. Bei der *Generale Bank* wollte ich die Straße überqueren, um im Zeitungsladen Zigaretten zu kaufen, als ich an etwas erinnert wurde, an das ich lieber nicht denke.

Denk doch daran.

Laß mich schlafen.

Was war mit diesem Zeitungsladen?

Ein anderes Mal.

Es gibt kein anderes Mal. Nie mehr.

Es war am dreißigsten März, es hagelte. Laura, das Licht meines Lebens, sagte, sie wolle einkaufen gehen.

Sie las sogar den Einkaufszettel vor, Mandelplätzchen, Pepsi light, Wodka, Katzenfutter light, Briefmarken, ein Feuerzeug.

Sie zog sich den Affenfellmantel über den Jogginganzug.

»Bis gleich, mein Engel«, rief sie.

Lauschend drückte ich das Ohr an die Wohnungstür.

Als sie den Fahrstuhl betrat, ging ich auf Zehenspitzen die Dienstbotentreppe hinunter.

Draußen war es kühl und naß.

Ich folgte Laura. Sie ging in der Mitte des Bürgersteigs, ich drückte mich an die Hauswände.

Es hagelte. Warum hatte Laura ihren Taschenschirm nicht dabei? Ihr schwarzes Strubbelhaar wurde naß. Ich näherte mich ihr. Ich konnte sogar, direkt bevor sie in dem Laden verschwand, die silbernen Punkte in ihren dichten, dunklen Augenbrauen glitzern sehen. Früher habe ich sie weggeleckt.

Ich blieb in einer Nische des Bankgebäudes stehen. Ich sah, wie Laura eine Plastiktüte offenhielt und wie der Zeitungsmann in bester Laune, rasch zählend, Feuerzeuge hineinwarf. Ich zählte mit, fünfundzwanzig, mehr, dreißig, kanariengelb, türkis, grasgrün.

Grelle Farben, damit man das Feuerzeug besser sieht auf dem Untergrund der schwarzen, mit weißen Spritzern befleckten Satinlaken. Spritzer ihres kettenrauchenden, kurzsichtigen Liebhabers, dessen dreißigsten Geburtstag sie feierte.

Ich ging auf dem Kouter am Musikpavillon vorbei. Bei der *Generale Bank* wollte ich die Straße überqueren und befand mich bereits auf der Straßenmitte, als sich ein schwankendes Monstrum näherte, ein tief vorgebeugter Radfahrer in einem Dufflecoat oder einem aus einer Armeedecke geschneiderten Mantel.

Als der Radfahrer mich sah, schien sich sein vernarbtes Seemannsgesicht aufzuhellen. Er nahm die Füße mit den verwelkten Tennislatschen von den Pedalen und zog die Schenkel hoch, als wolle er mit den Beinen lenken. Das Vorderrad prallte von einem leeren Blumenkübel aus Beton ab, geriet in ein Straßenbahngleis und rutschte dort noch ein Stück weiter, und der Mann stürzte nach vorn an meine Brust. Ein Pedal streifte meinen Knöchel, ich spürte einen stechenden Schmerz. Mich umklammernd, sagte der alte Mann in einem Dunst von Pisse innig: »Du Arschloch.«

Der Mann ähnelte meinem Vater, in der Zeit, als mein Vater Darmkrebs hatte, in der Zeit, als er in der Sonne schmolz.

Und weil ich mich in der Gegend der *Generale Bank* befand, ähnelte der Mann Meneer Aloïs, der die Bank einmal berauben wollte. Meneer Aloïs wohnte, nachdem seine Frau ihn verlassen hatte, mit Alegra, seiner zwölfjährigen Tochter, in einer Zweizimmerwohnung gleich um die Ecke. Hoffnungslos verschuldet, entschloß er sich zu einem Banküberfall. Forsch schritt er durch die hellen, marmorgetäfelten Hallen, maskiert mit Groucho-Marx-Schnäuzer und platinblonder Perücke.

Er wartete eine Weile vor einem unbesetzten Schalter. Ging dann zu einem Schalter, hinter dem ein Mädchen telefonierte.

Ungeduldig winkte er ihr und richtete eine Pistole auf ihre Brust.

Mit brüchiger Sopranstimme verlangte er, daß sie ihm alle vorrätigen Zehntausend-Franc-Scheine aushändigen solle, andernfalls würde er das gesamte Personal ausradieren.

Das Mädchen erwiderte: »Aber Meneer Aloïs, wie sehen Sie denn aus? Haben Sie schlecht geschlafen?«

Er hielt sich den Lauf der Pistole an die Schläfe.

»Aber Meneer Aloïs, machen Sie sich nicht lächerlich. Was soll Alegra dazu sagen?«

Schluchzend wurde er von der Polizei weggebracht. Ohne Schnäuzer und Perücke. Sein Foto erschien in den Zeitungen, im Fernsehen. Drei Monate später starb Alegra, wie man sich erzählte, aus Scham.

Ich befinde mich noch immer in der modrigen Umarmung des Radfahrers. Mühsam befreite ich mich. Als er merkte, daß er den Griff lösen mußte, ließ er sich zu Boden sacken und blieb auf der Straße liegen, bequem, behaglich, als erwarte er eine Mund-zu-Mund-Beatmung.

Nicht mit mir, Freundchen!

Umstehende halfen ihm hoch, mit glasigen Augen schaute er sich um und fand fast verzückt meinen Blick. Mit erstaunlicher Kraft und Gelenkigkeit hob er das Rad auf, ein rostiges holländisches Modell mit Torpedo-Bremse und einer senfgelben, ebenso rostigen Steuerplakette, und warf es jubelnd in meine Richtung. Auf meinen anderen Knöchel. Er lachte triumphierend, als er meinen Schmerzensschrei hörte, und ließ sich wieder fallen, Auftrag ausgeführt. Dann zwinkerte er mir zu wie früher mein verschlagener Vater.

Vier, fünf Damen umringten ihn.

»Bleiben Sie ganz ruhig sitzen.« – »Wo tut es Ihnen weh?« – »Wenn Sie Rückenschmerzen haben, dürfen Sie sich nicht bewegen.«

Eine der Damen kramte in seiner Innentasche. Eine andere öffnete seinen Hosengürtel.

»Hat er seinen Ausweis dabei?«

Es hatte den Anschein, als wollten sie ihm die Hose ausziehen.

Ihr quecksilbriges Kichern machte mich wütend und traurig. Das Blut sickerte durch meine Socken.

Und in diesem Augenblick hörte ich meinen Namen, Vorname und Familienname, und Frans Naessens stand da, in einem konservativen, anthrazitfarbenen Anzug, die ägyptische Zigarette im Mundwinkel, die Sonnenbrille (Ray-Ban?) auf der Stirn, mit dem verschmitzten Lächeln, bei dem die Frauen schwach wurden, provokant, als wolle er sich eine Tracht Prügel einhandeln.

Frans Naessens umarmte mich. Es war ein Überfall. Früher taten wir das nie. Ich registrierte weiter. Seine Seidenkrawatte mit einer Vasarely-Zeichnung, ein neues Gebiß, eine Wildlederweste, Manschettenknöpfe aus Smaragd.

Wir tauschten Komplimente über unser Äußeres aus. Und wer hätte jemals gedacht, daß wir einander wiedersehen würden. Und ausgerechnet hier! Bist du verheiratet? Kinder? Nein? Er habe vier.

Er lud mich auf ein Gläschen in den St.-Rochus-Club ein. Man habe ihn früher einmal ausgeschlossen, aber nach den Jahren in Zaïre sei das vergessen. Er habe übrigens in Belgien bereits ein solides Netz von Beziehungen geknüpft. Sic.

Ich kannte das Haus, es hat einen Glockengiebel mit Frontispiz und eine Loggia mit freistehenden Säulen. Balegemer Sandstein. Ich hatte es jedoch noch nie von innen gesehen. Auch nie die Neigung verspürt, dem Club beizutreten.

Drinnen herrschte ein Stilmischmasch, Louisquinze-Salons mit Holztäfelungen, ein mit reichem Schnitzwerk verziertes Treppenhaus.

Im Billardzimmer hingen fast ein Dutzend ausgestopfter Wildschweinköpfe mit staubigen Augen.

Die Herren im Barraum spielten Karten, lasen *Standaard* und *Le Monde,* murmelten. Naessens wurde begrüßt, aber alles andere als herzlich. Vielleicht war sein Ausschluß doch noch im Clubgedächtnis lebendig.

Meine Beine schmerzten, als ich ihm in einen kleinen Salon mit Wänden aus Cordobaleder folgte.

»Wir haben uns viel zu erzählen«, sagte Naessens. Ich sah die Notwendigkeit nicht so. Ich konnte mich in diesem Moment nicht daran erinnern, wie wir beim Abschied zueinander standen und ob es überhaupt einen Abschied gegeben hatte. Mir dämmerte etwas von einer Affäre mit gefälschten Monets und wie er mich in dieses Abenteuer hineingezogen hatte. Auch etwas Zwielichtiges nach den Pferderennen von Waregem.

Naessens bestellte einen Pimm's. Ich auch. Wir stießen auf unsere Jugend an. Auf Cat Stevens und Van Morrisson, noch immer aktiv. Auf Miles Davis, von dem ich damals eine signierte LP-Hülle wie meinen Augapfel hütete, auf die indischen Seidenschals, die wir uns um den Hals gebunden hatten, auf unsere Backenbärte, auf die Pimm's von damals auf der Sommerterrasse von Knokke Zoute: Wodka mit dem speziellen Pimm's-Sirup, Ginger Ale, Gurkenscheiben, Zitrone, Apfel, ein Minzblatt.

Frans erzählte, er habe sieben Monate in Sansibar im Gefängnis gesessen.

Er wollte ausführlich über sein Wohl und Wehe in den Tropen berichten, als ein ziemlich rundlicher, rot angelaufener Typ ihn unterbrach und behauptete, er habe am Freitag vor einer Woche vergeblich mit einem Kunden auf Naessens gewartet. Naessens erwiderte, er habe erfolglos versucht, die Verabredung telefonisch abzusagen. Worauf der Typ noch röter wurde und rief, er habe genug von der Unzuverlässigkeit der Westflamen. Er hielt einen dreieckigen, winzigen Toast mit Räucherlachs in der Hand.

Er biß hinein. Vergaß zu schlucken. Den offenen Mund voller orangefarbenem Brei starrte er auf die Frau, die aus dem Wintergarten kam.

War sie die Geschäftsführerin des Clubs? Eine vornehme Teilhaberin? Die Frau des Besitzers?

Seltsamerweise schaute nicht einer der Zigarrenraucher in ihre Richtung. Welche Gesetze galten hier für Frauen? War es immer noch so, daß Frauen nur zur Ladies Night in diesen heiligen Hallen geduldet wurden?

Die Frau war etwa achtunddreißig. Ich konnte noch nie schätzen, wie alt jemand ist. Frauen sind darin besser, glaube ich. Sie sind wachsamer gegenüber der Zeit, die an Gesicht, Hüften, Brüsten knabbert. Frauen kontrollieren unerbittlich. Und das in vollkommener Hingabe an den Spiegel. Und auch verzweifelt stammelnd, wenn sie das Horoskop zu Rate ziehen.

Ohne auch nur eine Sekunde zu zögern, kam sie auf uns zu.

Eine Bestandsaufnahme? Eleganter Gang, aufrecht, jedoch nicht steif. Breite Stirn. Straff nach hinten gekämmtes Haar, pechschwarz schimmernd vom Gel. Hochmütig wirkende Nase, schmale Unterlippe. Die klassischen horizontalen Falten, Linien am Hals.

Hohle Wangen. Knabenhüften. Flacher Po.

Ihr Duft? *Vent vert*, was mich an früher erinnerte.

Warum?

Ich stand auf, streckte die Hand aus. Wie ein Tölpel, der nicht weiß, daß man warten muß, bis es der Dame beliebt, die Hand auszustrecken.

War sie deshalb so verdutzt? Sie war einen Kopf kleiner als ich, hatte ungefähr die Größe des kauenden Dicken neben mir. Ich hatte mich wieder mal blamiert.

Naessens machte uns miteinander bekannt, aber ich konnte nicht verstehen, was er sagte, weil ich von einer leichten, unerklärlichen Panik ergriffen wurde und draußen eine Blaskapelle losbrach. Obwohl es kein Sonntag war. Über die Blechmusik hinweg ertönte die Sirene eines Krankenwagens. Es war kein unangenehmes Geräusch, etwas wie die chaotische Sonntagsmusik von Charles Ives. Ich hoffte, daß der Krankenwagen kam, um den räudigen Radfahrer abzuholen, der gerade einem Herzinfarkt erlag. Selber schuld.

Die Frau (eher vierzig als achtunddreißig) sagte etwas zu mir und fixierte mich dabei mit einem Blick, in dem sich Trauer und Befremden mischten. Ich verstand kein Wort.

Auch nicht, als wie verabredet Krankenwagensirene und Blaskapelle gleichzeitig verstummten. Die Frau redete weiter, ihre grell geschminkten Lippen erzählten weiter, doch mit dem, was sie so dringend mitzuteilen hatte, konnte ich nicht das Geringste anfangen. Ich räusperte mich, ich nickte wohlwollend, aber irgend etwas lief fürchterlich schief, und ich bekam panische Angst.

War es ein schlechter Witz eines dieser Fernsehprogramme à la *Versteckte Kamera* oder *Wetten, daß* und würde gleich eine Erklärung folgen, während mich die ganze Nation verhöhnte und auslachte? Konnte man – man konnte alles – die Funktionen meiner Ohren, meiner Stimmbänder ausschalten? Für immer?

Meine verletzten, blutenden Beine schmerzten. Als hätte die Frau es bemerkt, lud sie mich mit einer fast frivolen Geste ein, Platz zu nehmen. Ich schüttelte den Kopf und sagte, unhörbar: »Nein, Opa will nicht schwitzen. Ich meine: sitzen.«

Wir standen uns weiter gegenüber, Auge in Auge.

Es war, als nähmen nur wir die Stille wahr.

Unsere Stille. Die andauerte.

Die Stille, die auf einem Bahnsteig herrscht, wenn man jemanden, die eigene Mutter zum Beispiel, zum Bahnhof begleitet hat und der Zug, der um acht Uhr vierzig abfahren sollte, sich um neun noch nicht in Bewegung gesetzt hat. Man hat sich bereits mehrmals voneinander verabschiedet, drei, vier Mal gute Reise gewünscht – »Und vergiß nicht, Tante Tina zu grüßen« –, und dann herrscht Stille, alles ist gesagt, es schneit ein wenig, minutenlang ist man beim bewegungslosen Zug in den leisen Nebengeräuschen der fernen Stadt gefangen. »Paßt du auch gut auf dich auf, Mutter?« Stille folgt. Mutter fällt auch nichts mehr ein, auch ihr tun die Beine weh, jedoch wegen der Krampfadern. Immer dickere Schneeflokken. Und dann sagt man, oder sie sagt: »In Ulan Bator hat man Eier von Dinosauriern gefunden.«

Die Frau flüsterte mir etwas ins Ohr, ins rechte

Ohr, ich sehe es vor mir, ich höre es, es war eine laue Brise, ein Fetzen Geknurre.

Draußen stieß der Krankenwagen ein hektisches Winseln aus.

Die Frau sah mich an, als ob ich ihr weh tun würde. Oder weh getan hätte. »Es tut mir breit«, sagte ich, und das drang zu ihr durch. Ihre tiefe, heisere, rauchige Stimme sagte: »Du warst schon immer ein Arschloch.«

Frans Naessens und der Dicke im Tweedanzug feixten.

Ich werde von Willems Miauen wach. Ich sitze aufrecht. Ich versuche, mich an mehr zu erinnern. Meine Haare sind naß, das Kopfkissen ist feucht und kühl.

Ich habe dieser Frau weh getan. Abermals bin ich der Schuldige und muß dafür büßen. Ohne es zu wollen, rufe ich meine Henker auf. Sie erscheinen plötzlich in zerrissenen Armeejacken, sie schwenken Beile und Schlachtermesser, die in der untergehenden Sonne funkeln. Sie rennen schnaubend hinter mir her, der Abstand wird immer kleiner, denn mit meinen verletzten Beinen komme ich nicht weiter. Sie umzingeln mich, erheben die Beile. Ohne Worte. Nur Laute, die nie Worte werden können.

Willem maunzt kläglich. Ich muß mich erinnern.

Der Salon neben der Bar des St.-Rochus-Clubs mit dem Bleiglasfenster, auf dem der heilige Rochus in seinem Pilgergewand in Lebensgröße prangt. Mit dem Zeigefinger deutet er auf sein zerrissenes Hosenbein und die Pestbeulen an seinem Schenkel, die ein Hund sauberleckt. Auf anderen Darstellungen trägt der Hund ein Brot im Maul.

Einmal habe ich eine aus Eichenholz geschnitzte Rochus-Skulptur, Anfang sechzehntes Jahrhundert, von einem Kleve-Gelderner Meister, an einen Notar verkauft.

Die Bridgespieler. Der Kellner mit einem schwarzglänzenden Handschuh an der dienenden rechten Hand.

Naessens mit seinem verschwörerischen Grinsen, als ich die Hand ausstreckte nach, nach, nach seiner Freundin.

Der rundliche Typ, der sich verächtlich über Westflamen ausließ, in seinem Tweedanzug, der viel zu weit war, ein Erbstück von seinem Vater oder Großvater.

Die Frau, die mir in einer eisigen Stille gegenüberstand.

Dann plötzlich, wie ein Schlag auf die Nase, weiß ich es.

Noch in dem Augenblick, in dem ich die trügerische Bestandsaufnahme meiner Erinnerung mache, sage ich laut: »Laura.«

Ein Theatervorhang wird von einer Windhose weggeweht, weggerissen, gleißendes Licht erhellt das Schlafzimmer, Lauras Gesicht von früher erscheint *superimposed* auf ihrem Gesicht von vor einer Stunde.

»Laura«, sage ich in das totenstille Haus.

»Laura, ich schere mich, ich meine, ›ich schäme mich‹«, und ich höre, wie mein hysterischer Mund die Wörter verletzt, verstümmelt.

»Ich habe dich nicht verkannt, Laura.« Und sie sagt: »Natürlich hast du mich verkannt.« So etwas würde sie sagen. »Ich meine erkannt. Nicht verkannt.«

»Bin ich so häßlich geworden?« würde sie sagen.

Ich springe aus dem Bett. Beeil dich. Nein, bleib ruhig.

Ich ziehe meinen langen Regenmantel an, ich taste und finde in der Innentasche meinen Paß, meine Kreditkarten.

Laura. Für die ich meine erste Frau verlassen habe, der ich in Ungarn, in Nordafrika nachgereist bin, vor der ich so oft gekniet habe, die begehrlichen Hände um den mageren, hellen, ergreifenden Hintern.

Nicht so eilig! Doch!

Keine Zeit zum Duschen. Keine Zeit, um Socken zu finden, ich zwänge die Füße in die nassen Schuhe. Sockenlos, wie es sich gehört im Sommer in Nizza und Cannes.

Mein Herz pocht. Ich kämme mir die Haare zu fest. Ich vergesse etwas, aber was? Ich muß der neuen Laura folgen, sie aufhalten, denn sie ist nun mit Frans Naessens in eine andere Gegend geflohen mit nichts anderem als berechtigter Verachtung für meinen jämmerlichen Auftritt.

In Frauenzeitschriften steht in der Rubrik »Dreißig Fragen«: Wann haben Sie zum letztenmal gebetet? Meine Antwort ist: Heute.

»Wer oder was du bist, was hast du angerichtet, daß ich meine große Liebe für zwei Jahre nicht wiedererkennen konnte?

Wo du auch bist, wenn du das Sagen hast, laß Frans Naessens und seine, meine Laura, jetzt noch im Salon des Clubs sitzen, zwischen den Jägern, den Vorsitzenden, den nicht aufblickenden Bridgespielern, den aristokratischen Bankern, an demselben Tisch, an dem Naessens und der Tweed-Mann höhnisch mein tolpatschiges Schweigen kommentierten.«

Durch die Verandafenster sehe ich Agnes in der Küche sitzen. Vorgebeugt studiert sie etwas Blutiges im Kochbuch.

Willem, der Kater, der auf dem Fernseher lag, kommt angeschlichen. Er weiß, daß ich das Haus verlasse, vielleicht für immer. Mit einer Pfote ohne Krallen tippt er an meine Wade. Ich bete weiter.

»Wenn du das Sagen hast, pack Laura beim Genick, zwing sie sitzenzubleiben, während der Tweed-Heini einen schlüpfrigen Witz erzählt, während Frans Naessens einen seiner ekelhaften Cocktails bestellt, die mit Gin und schwarzem Johannisbeersaft und Kakao.

Und laß Agnes nicht mitkriegen, wie ich das Haus verlasse, wie ich mich in die Garage schleiche.«

Ich könnte im St.-Rochus-Club anrufen, aber dann müßte ich die Nummer in einer Kneipe, einer Telefonzelle heraussuchen, und was sage ich dann? Daß ich unterwegs bin. »Und wer sind Sie, Meneer?« Ich nenne Vornamen und Familiennamen. »Wen möchten Sie sprechen?« Ich beschreibe Laura. Wie? Die Frau, die mich gequält hat, die im Bett im Schlaf knurrend nach ihren Liebhabern verlangte.

Die Frau, die wieder über meine konfusen Hormone gebietet.

Natürlich wartet sie nicht auf der Schwelle des St.-Rochus-Clubs vor der neugotischen Fassade auf mich.

Der Club ist geschlossen. Es gibt keine Klingel. Kein Mensch weit und breit.

Durch das Ochsenauge neben der Tür kann ich etwas sehen. Ich drücke mir die Nase am Glas platt. Die Halle ist leer. An den Wänden hängen stümperhaft gefirnißte Gemälde der Vorväter, meist in Jägerkluft. Ich hämmere gegen die Tür. Weil ich spüre, wie mir die Kälte an den Beinen hochkriecht, entdecke ich, daß ich unter dem Regenmantel noch den Pyjama trage. Ich knöpfe den Mantel zu. Ich hämmere weiter, bis mir ein Mann mit einer Metzgerschürze öffnet.

Daß ich nach Frans Naessens und seiner Begleitung frage, kommt nicht gut an. Mit gerunzelter Stirn murmelt der Mann, daß die Clubmitglieder und ihre Gäste gegangen seien und auf Einladung des St.-Sebastian-Clubs von Brügge in »Het Konijntje« in Waregem zu Mittag speisen würden. Doch dann bekommt er Mitleid mit mir. Nein, er erkennt mich.

»Hatten Sie nicht ein Antiquitätengeschäft in der Hugo Verriestlaan?«

»Hatte ich.«

»Treten Sie ein, treten Sie ein«, sagt er erleichtert.

Ich frage, ob ich telefonieren darf.

»Ortsgespräch?«

»Mit ›Het Konijntje‹ in Waregem.«

»Dort werden Sie Meneer Naessens nicht antreffen.«

»Aber Sie haben doch gerade noch gesagt ...«

»Ich wußte nicht, wer Sie sind«, sagt der Mann. »Und heutzutage muß man ja immer auf der Hut sein bei all den Ausländern heutzutage. Wenn Sie ein bißchen aufgepaßt hätten, wäre Ihnen gleich aufgefallen, daß ich Sie auf eine falsche Fährte gelockt habe. Warum sollte ein Club wie der St. Sebastian von Brügge in Waregem essen? Vor allem, wo es in Brügge sieben, acht, zehn Restaurants von Weltklasse gibt.«

Ich frage, ob ich telefonieren darf.

»Telefonieren«, sagt er prüfend, als höre er das Wort zum erstenmal.

»Zu mir nach Hause.«

»Selbstverständlich.«

»Luc, wo warst du auf einmal? Wo bist du jetzt? Du hättest wenigstens Bescheid sagen können, als du gegangen bist. Ich wußte gar nicht, was ich sagen sollte, als Professor Vandaele angerufen hat. Anscheinend hast du mit ihm etwas verabredet über ein Ölgemälde von Petrus van Schendel, eine Marktszene, fünfundsiebzig mal dreiundsechzig, geschätzt auf – ich hab's mir notiert, warte – geschätzt auf vierzig- bis sechzigtausend Pfund. Er ruft dich heute abend an, es ist furchtbar eilig. Und du mußt noch in den Supermarkt gehen und Spaghettini kaufen. Oder Rigatoni. Vater weiß sowieso nicht, was er ißt. Hauptsache, er kann sich das Fußballspiel ansehen.

Deine Stimme klingt so seltsam. Was ist mit dir los? Was hast du? Wie bitte? Dir ist windig? Was bedeutet das nun wieder?«

Ich keuche, als würde ich einen Berg besteigen.

Mir ist schwindlig.

»Müssen Sie Meneer Naessens in einer sehr dringenden Angelegenheit sprechen?« fragt der Concierge.

»Ein Notfall.«

»In diesem Fall machen wir eine Ausnahme von der Regel. Als Concierge muß man hören, sehen und schweigen. Zufällig habe ich gehört, wie Meneer Naessens hier mit diesem Telefon einen Termin mit seinem Arzt abgesprochen hat, Doktor Verbist, der an der Universität in Löwen lehrt.«

»War seine Frau dabei? Bei Naessens?«

»Das ist nicht seine Frau«, sagt der Mann mürrisch.

»Dann eben seine Freundin.«

»Wenn Sie sie so nennen möchten.«

»Muß er selbst zum Arzt? Oder sie?«

»Das weiß ich nicht. Aber wenn Sie mich fragen, war der Termin für sie. Meneer Naessens ist stark wie ein Büffel. So ein Büffel aus Afrika. Er ist ja ein eleganter Mann, aber ein bißchen zu forsch, finden Sie nicht?«

Er schlägt das Telefonbuch auf, fährt mit einem rissigen, nassen Finger über die Namen. »Verbist, Verbist.«

Eine Welle der Melancholie überspült mich. Sie vertreibt meine Panik vor den falschen Wörtern, die ich ausgesprochen habe. Warum sollte Frans zum Arzt müssen. Ich sehe seine Röntgenaufnahme, seinen Brustkorb, nebelhafte, versengte Stellen. Ein kurzsichtiger Kettenraucher.

»Hier«, sagt der Concierge, »Doktor Verbist, Montgomerylaan vierundzwanzig.« Er läßt das Telefon zehnmal klingeln.

»Wenn Sie mich fragen, ist der Arzt zum Skifahren. Oder er macht Unterwasseraufnahmen.«

»Oder er hat keine Lust, abzunehmen.«

»Auch möglich. Ach, jetzt fällt es mir wieder ein. Sie hatten sich für fünf Uhr verabredet. Er wird pünktlich sein, das ist er immer. Er spielt auch Ukulele, der Doktor Verbist. Und das gar nicht so schlecht.«

Die Montgomerylaan liegt auf feindlichem Terrain. Agnes und ich haben das vor ein paar Jahren auf dem Stadtplan abgesteckt. In aller Eintracht haben wir die Stadt aufgeteilt, mit der Churchilllaan als Demarkationslinie. Auf dem Terrain des anderen enthalten wir uns ehebrecherischer Aktivitäten, jedenfalls in der Öffentlichkeit. So vermeiden wir peinliche und bizarre Entschuldigungsszenen zwischen Agnes und ihrem technisch versierten, heißblütigen Hektor und einer von meinen raren Bräuten. Mein Sektor hat den Vorteil, daß sich dort die besten Restaurants befinden. Agnes hingegen verfügt über das Museum für Volkskunde und eine hervorragende Eisdiele mit Mittagssonne auf der Terrasse.

Heute aber durchwandere ich skrupellos Agnes' abgegrenztes Paradies.

Vor dem Bahnhof stehen keine Taxis. Provinzstadt. Manche der Reisenden (meist ältere) schauen auf meine Pyjamabeine.

Was hat sich an Laura Auffallendes verändert? Die vorspringenden Augenlider. Die scharf gezeichneten Mundwinkel. Unverändert sind ihre grazilen Schultern.

Wie sie fortging? Ohne Lächeln, ohne Winken, ohne Gruß.

Allerdings zutiefst erstaunt.

In der Eile – eine Eile, die meinen ganzen Körper in Besitz genommen hat – habe ich blindlings meinen Talisman mitgenommen, eine flache, ovale, fingerlange Bronzeplastik von Shinkichi Tajiri. Er hat sie mir vor fünfzehn Jahren geschenkt, als ich eine Ausstellung seiner Skulpturen organisierte.

Auf der einen Seite enthält sie ein stilisiertes Porträt seiner Tochter Giotta, auf der anderen Seite stehen die Initialen G für Giotta, S für Shinkichi, F für seine Frau Ferdi. Wenn ich die kleine Plastik bei mir habe, werde ich auf Reisen immer geschützt sein, denn ich habe den Kopf ihres Kindes bei mir. In jedem fernen Land werden die Eltern dafür sorgen, daß ihrer Tochter nichts zustößt.

Also auch mir nicht.

Ich läute an der Tür. Mühelos habe ich es gefunden, das Kupferschild mit den Buchstaben in unsicherer Frakturschrift. Herman Verbist.

Keine Antwort. Man antwortet mir nie, und wenn man es ausnahmsweise doch macht, dann nicht bereitwillig, nicht wohlwollend.

Ein Geräusch in der Gegensprechanlage, eine nervöse Mädchenstimme.

»Wer ist da bitte?«

»Luc Scholten. Ich habe einen Termin um fünf, aber wegen der Zustände, Umstände muß ich früher kommen.«

»Mijnheer hat mir nichts gesagt.«

»Ich werde es Ihnen erklären.«

Vor der Fahrstuhltür zögere ich. Wenn ich erst einmal in dieser Metallkiste stecke, wird mich niemand befreien. Ingenieur Hektor ist imstande, den elektrischen Strom zu unterbrechen. Ich höre mich leise nach meiner Mutter wimmern. Ich nehme den Dienstbotenaufgang.

Im dritten Stock steht ein spindeldürres Mädchen in einem Overall vor der offenen Tür von Appartement 32. Sie hat dicke Tränensäcke unter den Augen. Trotz des Pyjamas scheint mein Äußeres sie zu beruhigen.

»Gehen Sie nur hinein. Inzwischen rufe ich Mijnheer an. Falls ich ihn finden kann.«

»Hoffentlich ist er nicht gerade zum Ukuleleunterricht.«

Ein Salon mit angrenzendem Eßzimmer, überall Nußbaummöbel mit Louis-quinze-Beinen. Ein Porzellanschrank, Limoges, Sitzendorf. Sie kommt zurück. »Ich kann Mijnheer nicht erreichen. Mevrouw auch nicht, die ist bei ihrer Tochter im Senegal.«

»Sind hier noch andere Kunden, Klienten, Patienten?«

»Hier ist niemand.«

»Sie sind doch hier.«

»Das ist was anderes«, sagt sie und lächelt. »Ich muß jetzt bügeln. Mijnheers Oberhemden.« Sie geht zur Tür.

»Bitte nichts berühren.«

Ich setze mich. Ist das eine neue Masche, daß man das Wartezimmer eines Arztes wie ein Wohnzimmer einrichtet? Damit sich der Patient gemütlicher, ekelhaft gemütlicher auf die bedrohliche Diagnose einstellen kann? Nirgends liegen Stapel abgegriffener Zeitschriften, weder *Humo* noch *Knack*. Ich schließe die Augen. Ich höre das blutarme Ding telefonieren. Ich schlafe ein, die Schuhe auf einem Sofakissen.

Als das Dienstmädchen zurückkommt, schaut sie mich an, als hätte ich in den Deckeltopf aus chinesischem, blauweißem Porzellan gepinkelt.

»Sie müssen gehen, und zwar sofort«, sagt sie.

»Vielleicht können wir im Terminkalender nachschauen.«

»Terminkalender?« Ihre bäurische, unterwürfige Stimme macht mich wütend.

»Jeder Arzt hat doch einen Terminkalender!« blaffe ich sie an. Am liebsten würde ich ihr eine knallen.

»Auf der Straßenseite gegenüber ist ein Arzt«, sagt sie. »Aber ich glaube, ein Naturarzt, mit ungespritztem Fleisch und so.«

»Wo ist Doktor Verbist?« brülle ich.

»Nicht hier, Meneer.«

»Und wer wohnt hier?«

Sie zeigt auf ein Familienfoto in einem Antiksilberrahmen auf dem Büfett. Eine etwas verlegen lächelnde Familie, geknipst vor dem Wasserfall von Coo in den Ardennen. Der Vater lacht mich aus. Er sagt: »Arschloch.«

»Jetzt hören Sie mal, meine Liebe. Ich habe mich nicht geirrt«, sage ich mit Nachdruck. »Mit mir ist alles in Ordnung. Ich habe mit eigenen Augen Namen und Adresse im Telefonbuch gesehen.«

»Vielleicht war es ein altes Telefonbuch«, sagt sie.

Wahrlich, sie will eine Ohrfeige. Sie holt ein Telefonbuch.

Mit einem ebenso schäbigen Zeigefinger wie dem des Concierge fährt sie über die winzigen Buchstaben. »Hier!« ruft sie begeistert.

»Sehen Sie. Hier steht's. Das sind wir. Verbist, Montgomerylaan, und hier steht verdammt noch mal ein anderer Verbist, ein Arzt, auch in der Montgomerylaan, Nummer hundertzweiundvierzig.«

»Zwei Verbists in einer Straße«, sage ich, und mir wird ein wenig schwindlig.

»Wahrscheinlich Verwandtschaft«, sagt sie. »Gehen Sie jetzt rasch nach Nummer hundertzweiundvierzig. Ich muß bügeln.«

»Sie sind mein Schmutzengel«, sage ich. Sie wirft mir einen seltsamen Blick zu.

Ein Plastikschild neben dem Briefkasten. Doktor Verbist. Sprechstunde von fünf bis sieben.

In meiner lächerlichen, grotesken Eile habe ich meine Armbanduhr zu Hause auf dem Nachttisch liegenlassen.

Widersetzliche Hirnlappen. Was nun? Wohin?

Ich lande im Kino am Park. Die Plakate versprechen »Erotik der Spitzenklasse«, »Ein vielgepriesener Film«, »Oscar für die beste Musik«. Vierzehn Zuschauer sitzen im Saal.

Ich lehne mich beseligt zurück. Der Film handelt von den Beschwerlichkeiten, eigentlich vom Schicksal begünstigter, reicher, junger, schöner New Yorker. Die Hauptdarstellerin beklagt sich bei ihrem Mann, daß sie Anfälle von Brünstigkeit bekomme.

Meist, wenn er nicht da sei. Der Mann schaut ziemlich betreten drein. Flennend beichtet sie ihm, daß sie in der Nacht geträumt habe, ein Dutzend Männer mit venezianischen Masken hätten sie brüllend recto-verso besessen. Ihr Weinkrampf geht in Crescendo über, als sie stöhnend und wimmernd zugibt, daß es sie erregt und ihr gefallen habe. Der belemmerte Gemahl im Pyjama kratzt sich am Kopf.

Er folgt ihr ins Bad, wo sie den Morgenmantel auszieht und einen edlen Rücken, einen wunderbar makellosen Hintern zeigt. Der Gatte steckt sich eine Zigarette an und behauptet, ihr Traum sei normal, es sei im Gegenteil anormal, wenn sie solche Träume nicht hätte. Er ist Biologe oder Biochemiker. Alles in Ordnung, sagt er, solange sie beide einander nur liebten.

Die Kamera schwenkt und surrt.

Die Kamera schwenkte und surrte. Der Saal war gestopft voll. Das Saallicht blieb an, gedämpft und mild. Die Zuschauer plauderten miteinander, kaum übertönt durch die orientalischen Klänge des Films.

Der Geruch von Popcorn, geschmolzener Butter und aromatischem Tabak. »Und Shit«, sagte Naessens.

An den ochsenblutfarbenen Wänden standen Jungen in Uniformen aus Seide und Brokat. Sie ähnelten einander, das gleiche unschuldige Lächeln, die gleichen pechschwarzen Augen, die gleichen anmutigen Bewegungen. Sie spähten unablässig in den Saal, um ein Signal aufzufangen. Wenn einer der Zuschauer den Zeigefinger hob, brachten sie flugs Zigaretten, Pepsi-Cola, einen kleinen Pappbecher

Weinbrand. Die Projektion war miserabel. Das störte nicht weiter, denn von dem Film – Frans meinte, es sei ein früher Sam Peckinpah, ich beharrte darauf, daß es ein Bud Boetticher war – bekam man wenig mit, weil dreiviertel der Leinwand von flimmernden gold- und kanariengelben Schriftzeichen eingenommen wurde, einem Netz von vertikalen Untertiteln in chinesischer und koreanischer und horizontalen weißen Buchstaben in französischer Sprache.

Ein älterer Cowboy starb in aller Ausführlichkeit. Ich dachte, Joel McCrea, Frans meinte, Randolph Scott. Ab und an schnippten wir mit den Fingern. Wir fläzten uns in breite, glatte Ebenholzsessel mit Armlehnen, in die Aschenbecher und Gläserhalter aus Aluminium eingelassen waren.

(Wir besaßen eine offizielle Einladung der Antiquitätenmesse, wurden fürstlich bewirtet und umsorgt, doch der wahre Grund für unseren Aufenthalt war ein anderer: Wir sollten den Nachlaß der Mutter des Herrschers inventarisieren, den Wert schätzen und möglichst viele Stücke davon unter der Hand erwerben.)

Weil ich von den wimmelnden Zeichen und dem bitteren, einheimischen Weinbrand Kopfschmerzen bekam, konzentrierte ich mich auf einen der Jungen, der offenbar die Leitung über das jugendliche Personal hatte. Erst als ich ihm winkte und er zu mir kam, entdeckte ich, daß es ein Mädchen war.

»Yes, sir?«

»Zwei Whisky«, sagte Naessens und machte das V-Zeichen.

»Yes, sir?«

Sie glich ihren uniformierten Brüdern wie ein Ei dem andern. Ich nahm ihre Hand, zog sie an mich und streichelte ihren Hintern in der stramm sitzenden Seidenhose.

»No sir«, sagte sie lächelnd.

»Yes sir«, sagte ich.

Sie fragte, in welchem Hotel ich wohnte. Im Oriental?

»Yes, sir«, sagte ich.

Der wettergegerbte alte Cowboy wand sich sterbend auf der sandigen, roten Erde. Auch im Tod behielt er seinen Stetson auf.

The End konnten wir mühelos lesen.

Alle Zuschauer standen auf. Das Dach des Kinos öffnete sich. Der Sternenhimmel. Alle, auch wir, nahmen Haltung an. Auf der Leinwand erschienen Sterne, Kratzer, Kreise und dann das Staatsfoto des Herrschers in Galauniform. Er hielt ein Saxophon unterm Ellbogen wie ein Maschinengewehr. Die Landeshymne erklang. Schluchzende Töne, getragene Klänge, Gedudel, das nicht mehr enden wollte.

»Was ich dir sage, sage ich nicht zu allen Männern«, sagte das nackte Mädchen in der Suite des Hotels Oriental.

»Ich sah dich im Kino und dachte sofort: Da sitzt ein netter, reicher Typ. Der Mann, der neben dir saß, ist nicht nett. Soll ich weiterreden? Für zehn Dollar? Danke.

Hast du dir den Herrscher genau angesehen? An seinem Gesicht kannst du erkennen, daß er grausam ist. Meine Schwestern Lala und Franny sind nicht mehr auf dieser Welt. Kein Mensch weiß, wo sie sind. Außer den Soldaten des Herrschers. Zum Glück ist meine Mutter zu alt. Der Herrscher will nur junges Fleisch. Er fährt in seiner offenen Limousine und sagt seinem Bodyguard: ›Die da. Die für heute abend.‹ Und er fährt weg.

Noch fünf Dollar? Danach gehe ich und komme nie wieder.

Danke. Du bist ein Lollystick.

Der Herrscher hat mich geschont, weil ich ihn gut massiere. Das habe ich von meiner Mutter gelernt.

Darum habe ich den Job im Kino. Das schmerzt, denn ich muß das Gesicht des Herrschers sehen, der meine Schwestern ermordet hat, und ich darf ihm nicht den Rücken zukehren.

Bin ich nicht nett zu dir? Noch ein paar von deinen Dollars, dann bitte ich dich nie mehr darum.

Du denkst ›Was für ein Plappermaul‹. Oder?

Ich plappere, weil ich sonst weinen muß. Lala und Franny waren viel schöner als ich. Du darfst nicht traurig werden. Ich schon. Aber ich werde erst weinen, wenn du im Flugzeug sitzt.

Ich weine um Quincy, meinen Boyfriend. Quincy hat in Italien gelernt, Skulpturen zu machen. Aus Stein, Holz, Kunststoff, Kupfer. Der Herrscher und er waren dicke Freunde, sie haben zusammen Fußball und Tischtennis gespielt.

Im Frühjahr sagte der Herrscher: Quincy, mein Junge, du und nur du mußt eine Statue von meiner toten Mama machen. Die muß auf dem Marktplatz stehen, und jeden Tag müssen da frische Orchideen sein.

Mein Loveboy macht eine Statue in teurem Marmor aus Italien.

Nein, ich weine nicht, ich schneuze mich. Ich weiß, daß das unhöflich ist. Als die Statue fertig war, sah sie der Mama täuschend ähnlich, nur in weiß.

In diesem Sommer war der Herrscher meist im Dschungel. Auf der Jagd nach den Rebellen. Als er in seinem Helikopter zurückkam, sah er das Standbild. Alle sagten: Es ist exakt seine Mama, in weiß. Aber er wurde böse, und dann ist er gefährlicher als ein Büffel. Quincy habe ich nie mehr gesehen, du netter, reicher Typ.«

Eine Platzanweiserin weckt mich. Die vierzehn Kinofreunde gehen langsam zum Ausgang.

(Warum war der Herrscher so wütend?

Weil der dämliche Quincy die Mama des Herrschers stehend abgebildet hat, auf ihren beiden Beinen. Die Mama eines Herrschers sitzt. Sie ist der Boß über Erde, Himmel und Meer und sitzt und blickt vom Thron aus auf ihre Untertanen.)

Naßgeschwitzt und zitternd stemme ich mich aus dem Sessel. Wie spät ist es? Wo ist meine Armbanduhr? Es ist zehn vor fünf, sagt die Platzanweiserin. Um fünf mußte ich irgendwo sein, etwas Wichtiges erwartet mich, eine Sache auf Leben und Tod.

Um zehn nach fünf erreiche ich mit meinen schmerzenden Beinen das stattliche graue Gebäude, wo jemand auf mich wartet, warten muß.

»Laura«, sage ich mehrmals, ehe ich läute.

Doktor Herman Verbist, Ohrenarzt, ist ein von

sich eingenommener Typ mit Fliege, Schnäuzer und einer Brille von Cartier.

Ich sage – ich beeile mich wieder – ich sage: »Herr Doktor, verzeihen Sie, aber ich habe aus zuverlässiger Quelle erfahren, daß Herr Naessens hier um fünf Uhr anzukläffen ist.«

Er führt mich in ein Wartezimmer. Dann in sein Sprechzimmer.

»Richtig. Aber Freund Naessens nimmt es mit der Pünktlichkeit nie so genau. Er hat ein bißchen was von einem Bohemien, unser Freund.«

Er schaut auf seine Armbanduhr, ebenfalls von Cartier. »Wir geben ihm noch eine Viertelstunde.«

An der Wand hängen anatomische Kupferstiche, riesige Ohren in Pastellfarben, fleischige Ohrmuscheln, durchsichtige Schläuche, Blutgefäße. Der Arzt schraubt einen Mont-Blanc-Füller auf, ordnet Papiere.

»Haben Sie den Magritte gesehen?«

»Die Ausstellung in Ostende?«

»Den Magritte von unserm Frans.«

»Nein. Noch nicht«, sage ich. »Aber wo ich schon mal hier bin, möchte ich Sie gern fragen, was es mit dem Symptom auf sich hat, daß ich eine Frau sprechen sehe und sie nicht hören kann, alle anderen aber doch.«

Er nickt besorgt.

»Andere Symptome?«

»Leichtgewichtsstörungen.«

»Gleichgewichtsstörungen.«

»Ja, Bleichgesichtsstörungen.«

»Wann hat das angefangen?«

»Heute morgen. Seit ich einer bestimmten Person wiederbesegnet bin. Seitdem ist bei mir etwas nicht in Ordnung. Und zwar massiv.«

Er führt mich zu einem Kabuff mit durchsichtigen Plastikwänden, einer Art Cockpit. Die Kopfhörer drücken an den Schläfen. »Es tut nicht weh«, sagt er. Seine Anweisungen sind einfach. Wenn ich nichts höre, soll ich den Daumen nach unten halten. Höre ich was, nach oben.

Ich sage, daß ich alles verstanden hätte.

»Dann kann's losgehen.«

Alles verläuft musterhaft, auf und nieder mit dem Daumen, die Geräusche folgen gehorsam. Bis ich ein leises Rauschen höre, das ich kaum in der Kategorie Geräusche unterbringen kann. Ich schwenke den Zeigefinger. Das soll heißen: nicht wirklich ein Geräusch, mein Daumen kann sich nicht entscheiden.

Der Arzt reißt die Tür des Cockpits auf. »Nein, nein, nein. Entweder Sie hören was oder Sie hören nichts. Es ist wie bei einer Schwangerschaft. Ein bißchen schwanger gibt's nicht.« Er bricht in ein schmieriges Lachen aus, als sagte er das zum erstenmal. Ich zittere vor Wut.

In seinem Büro studiert er die so gewonnenen Daten und erklärt mir, warum ich kein Hörgerät brauche. Ich kann – wieder einmal – nicht folgen.

»Auch wenn wir die hohen Töne reduzieren ... damit sind die Nebengeräusche immer noch nicht ausgeschaltet ... dann kommen wir vom Regen in die Traufe ... mit einer Tonhöhe-Analyse ... die Resonanztheorie ... nein, nein, nein, dann ist es völlig aus.«

Ich hasse ihn.

Frans Naessens betritt das Sprechzimmer, als sei es seine Wohnung. Der Duft des Mentholzigarillos weht ihm voran. Er umarmt Doktor Verbist flüchtig. »Ich wußte gar nicht, daß ihr euch kennt«, sagt er.

»Freund Verbist hat beschlossen, daß ich zu gut höre. Mein Leben lang werde ich Zischlaute hassen.«

Naessens hört nicht zu.

»Und was ist mit deinen Ohren?« frage ich.

In scharfem Ton sagt er: »Das geht dich nichts an.«

Ich weiß, daß ich ihn dringend etwas fragen muß, etwas über eine Drohung, etwas, das auf der Hand liegt, der Schatten unserer dubiosen Vergangenheit.

Eine Wasserspülung rauscht, und der Schatten tritt ein. Sie grüßt mich nicht. Sie trägt eine schwarze Lacklederhose, sehr hohe Absätze, und hat eine Leinentasche bei sich, nach der der Ohrenarzt die Hand ausstreckt.

»Zeig mal. Ich bin ganz neugierig.«

Die Laura von heute ist kleiner als in meiner Erinnerung.

»Zeig es ihm«, sagt Naessens matt.

Laura nimmt etwas aus der Leinentasche, das in braunes Packpapier gewickelt ist. Sie reißt das Klebeband ab und wirft es mit dem Papier auf den iranischen Keschan-Teppich.

»Es ist eine Vorstudie zu dem Original, das im MoMA von New York hängt.« Naessens nimmt die eingerahmte Zeichnung von Laura entgegen und hält sie sich vor die Brust.

»Ich sage nichts. Urteile selbst. Aber für mich ist es ein Meisterstück.«

»Wo in New York?« fragt Verbist.

»Im Museum of Modern Art.«

»Es ist wunderschön«, seufzt Verbist.

»Vor allem, wenn man weiß«, sagt Naessens, »daß Magrittes Mutter ertrunken ist. Man hat sie aus dem Fluß gefischt, mit einem weißen Tuch über dem Kopf. Und hier sieht man dieses Tuch, es steht für das Verhüllende, das Tödliche, das Schicksalhafte. Gib's zu.«

»Phantastisch«, sagt Verbist.

»Eine unverschämt stümperhafte Kopie.« Nein, ich sage es nicht.

Laura ist blasser als im St.-Rochus-Club, sie hat einen Porzellanteint. Sie denkt, was ich denke. Daß man nicht ungestraft mit Kreaturen wie Naessens umgeht. Die Flöhe des Hundes.

»Es geht tief, dieses Aquarell, sehr tief«, sagt Verbist.

»Gouache«, sagt Naessens.

»Meine ich doch.«

»So etwas findet man nicht alle Tage. Um nicht zu sagen, nie. Das läßt sich vom Fleck weg verkaufen.«

»Wie gefällt es dir?« fragt Verbist.

Ich nicke. »Tief«, sage ich, und dann höre ich eine herrische, schleppende Stimme. Meine eigene. »Magritte ist bestenfalls ein depressiver Metaphysiker, aber ein miserabler Maler. Fast so schlimm wie Delvaux, auf Postkarten gerade noch erträglich.« Doch auch das sage ich nicht.

Laura aber zwinkert. Wirklich, sie zwinkert mir zu.

Unsere letzte Begegnung. In der Patisserie auf dem Vogelmarkt, zwischen lippenleckenden, schmatzenden Damen, die ihre Plastiklöffel durch Schichten grellfarbenen Sahneeises gruben.

Ich hatte aus der Sammlung von Professor Kunz eine kleine Skulptur gestohlen, aus einem der Dutzende von Vitrinen in seinen neonbeleuchteten, ungeheizten Kellern. Sie war aus Elfenbein, zehn Zentimeter hoch, und stellte einen Weißen mit Tropenhelm und Regenschirm vor.

»Hier, bitte.« Laura nahm die Skulptur entgegen, drehte sie mehrmals um, hielt sie sich an die Nase und stellte sie auf die Eiskarte.

Es war der Tag ihres Geburtstages.

»Danke«, sagte sie.

»Du hättest lieber ein anderes Geschenk.«

»Wenn ich ehrlich sein darf ...«

»Tu dir keinen Zwang an.«

»Es gefällt mir nicht. Es ist nicht primitiv«, sagte sie.

»Nein.«

»Es ist auch nicht alt.«

»Die weiße Zivilisation im Kongo ist auch nicht alt.«

»Es ist eher kurios als schön.«

Ich stand auf. Ich setzte mich wieder. »Hör zu«, sagte ich, »mit uns beiden, das wird nichts.«

»Wenn du meinst.«

»Ich bin kein Umgang für dich. Jemand wie du sollte sich nicht mit jemandem wie mir abgeben.«

Ich rührte im geschmolzenen Eis. Ich sagte nicht, was ich sagen wollte. Damals schon. Was ich meinte, war, daß ein geradliniges, aufgeschlossenes, aufrichtiges Mädchen wie sie sich die Zeit auf Erden nicht von einem Quälgeist wie mir vermiesen lassen durfte.

»Wir beide sind viel zu verschieden.« Ich redete weiter, und in fataler Weise quollen die falschen Worte aus meinem widerwilligen Mund. Damals schon. »Die Kluft ist zu groß.«

»Du hast recht«, sagte sie, »du bist ein zu großes Arschloch.« Sie nahm ihren Eisbecher und schüttete mir den kalten Inhalt über den Kopf, in den Nacken. Die letzten Tropfen goß sie mir auf die Nase.

Ich rührte mich nicht eher, bis ich sie mit ihren langen Schritten am Fenster vorbeigehen und zwischen den Touristen auf dem Vogelmarkt verschwinden sah. Dann ging ich an kichernden, zischelnden Damen, alles Witwen, entlang zum Ausgang der Eisdiele. Die Elfenbeinskulptur des Kolonialbeamten warf ich in den träge strömenden Fluß.

Laura rief mich nicht an. Ich sie auch nicht.

Ich träume, daß ich schlafe und daß andere über mich reden. Ein hektisches Geplapper. Wie es scheint, wehrt sich Naessens gegen etwas, was Laura gutheißt.

»So kann er nicht mit«, sagt Verbist.

»Aber selbstverständlich. Er kann einen Anzug von dir anziehen. Ihr habt dieselbe Figur.«

»Laura, bitte«, sagt Verbist. »Wie kommst du darauf, meine Figur?«

»Wir müssen uns beeilen!« sagt Naessens.

Ich träume, daß ich wach werde. Daß man mich wachrüttelt, aber nicht ganz. Ich fühle mich wehrlos, ich fühle mich wohl. Ohne meine Eile, meine Ungeduld.

Und so kommt es, daß ich mich im Badezimmer in einen Prince-de-Galles-Anzug von Verbist zwänge. Ich kämme mir die Haare, ich sprühe mir »Allure« des trendbewußten Ohrkundigen ins Nackenhaar, unter die Arme, in den Schritt. An den altrosa Wänden hängen unsignierte Radierungen von Hans Bellmer. Ich kenne einen Dozenten für Graphik von der Kunstakademie, der Bellmers Signatur angeblich perfekt nachahmen kann. Dann ist das, was hier hängt, eineinhalb Millionen wert. Seltsam, daß Naessens, der offenbar als Verbists Berater in Kunstfragen fungiert, nicht auf die Idee gekommen ist. Ich stecke mir gerade ein paar der kleinen, dünnen Taschentücher von Verbist ein und eine Dose Dragees, auf deren Etikett steht, daß sie Mund und Rachen erfrischen und Rauchern, Sängern und Rednern empfohlen werden, als Naessens ins Badezimmer kommt.

»Alles okay?« fragt er beim Pinkeln.

»Bestens«, sage ich.

Er spült. »Wir müssen uns beeilen«, sagt er.

»Ich komme schon.« Ich setze mich auf den Rand der Jacuzzi-Wanne. Ich will mich nicht beeilen. Ich vermisse meine Armbanduhr, meine eigene Zeit, meine Uhr aus makellosem Stahl, wasserdicht bis dreihundert Meter Tiefe, der Tiefe, in der die Seesterne leben.

Mein neuer Anzug ist zu klein, nur mit größter Mühe bekomme ich die Hose zu.

»Diät! Joggen! Bewegung!« ruft unser Mann des Ohres.

»Im Pyjama hast du mir besser gefallen«, sagt Laura.

Naessens hat es faustdick hinter den Ohren, hinter dem foppenden, kalauernden, schmierigen, jesuitischen Lächeln. Er schnurrt wie der Kater Willem, wenn der sein Plätzchen in der Sonne oder auf dem warmen Fernseher gefunden hat. Ich vermisse Willem.

»Willst du nicht wissen, wohin wir fahren?« fragt Laura.

»Ans Ende der Welt. Mit dir«, sage ich.

»Das hör ich gern.«

Erstaunlich geschickt packt sie Magrittes Kunstwerk wieder ein und umwickelt es mit Klebeband. Hat Doktor Verbist irgendwie zu erkennen gegeben, daß er am Erwerb nicht interessiert ist? Wann, wie hat er das kundgetan? Warum bin ich immer der letzte, der ihre Signale, wortlos oder nicht, registriert, dechiffriert?

Naessens fährt, schweigend wie wir, an protzigen Villen, einem Golfplatz, einem Supermarkt vorbei in einen Tannenwald.

Der BMW wird langsamer. Naessens brummt: »Wir sind viel zu spät dran.«

Meine Schuld natürlich. Warum nicht?

Doktor Verbist streicht sich den parfümierten Schnäuzer glatt.

Auf einer geräumigen Rasenfläche steht ein Dutzend teurer Wagen, ein Bentley, zwei Porsche, nachlässig geparkt vor einer psychopathisch anmutenden Kopie des Weißen Hauses.

Wir werden von einem hochgewachsenen Mann empfangen, der Frans Naessens flüchtig umarmt. Der Mann ist ein hervorragender Skiläufer, ein Hauptmann der Gendarmerie, ein Moorhuhnjäger in Schottland. Er schaut mich prüfend an. Die Beine meiner Verbist-Hose sind zu kurz, die Schultern zu schmal, und jeden Augenblick kann der oberste Hosenknopf abspringen. So fest ich kann schließe ich die Faust um mein bronzenes, lauwarmes, körniges, beruhigendes Amulett, während ich mich mit dem hochgewachsenen Mann in eine düstere Eingangshalle begebe, die nur von armdicken Kerzen beleuchtet wird.

»Wenn Sie mich brauchen, man weiß ja nie, finden Sie mich dort.« Er zeigt ins Halbdunkel.

»Und wenn du mich brauchst, mußt du mich suchen.« Das sagt Laura.

»Wo?«

Sie tippt mir auf die linke Schulter. Ich drehe mich um, aber sie ist nicht mehr da.

»Vielleicht schauen Sie sich zuerst ein wenig um. Fangen Sie mit dem Keller an. Die Gewölbe werden Sie interessieren. Spätrenaissance.«

Meine drei Gefährten sind verschwunden. Ich gehe die Treppen hinunter zur Musik – Roy Orbison. »But in the real world we must say real goodbyes.« Das engelhafte Lamento.

Ich achte nicht auf die Gewölbe. Ich bekomme nur mühsam Luft. Emphysem. Jeder Mann in meinem Alter leidet mehr oder weniger darunter. Ich möchte husten, es geht nicht, ich kann mich nicht mal räuspern. Als würde mir ein Plastikschlauch in den Hals gestopft.

Ich möchte »Laura« sagen. Kein Wort, keine Antwort.

Tausend Ringe werde ich dir geben, Laura.

Im Dunkeln, in den Räumen, in denen keine Kerzen stehen, hört man unterdrücktes Gejammer, ersticktes Wimmern. Eine ältere Frau ruft nach ihrer Mutter. Brünstiges Geknurre.

Ich streife umher. Ich wage nicht lange zuzuschauen. Zwei stämmige Männer mit Ledermasken schnappen mit den Zähnen nacheinander. Ein zwergenhafter Typ ist als Polizist verkleidet. Zwei schlanke, blonde Mädchen streicheln und küssen einen Teenager. Eine verblühte, aber elegante Frau hat starkes Nasenbluten. Doktor Verbist redet ihr tröstend zu, tupft ihr das Gesicht ab. Er trägt nur einen Tanga.

Wo ist Laura?

Laura liegt auf einem Billardtisch, in Dessous aus hauchzarter Spitze, und befummelt eine üppige Frau. Als sie mich sieht, winkt sie mir. Ich kann nicht erkennen, ob sie möchte, daß ich hinzukomme oder ob ich abhauen soll. Ich entscheide mich für letzteres. Überall und immer abhauen.

Ein junger Araber in Dschellaba kommt mit einem Tablett vorbei und reicht mir ein Glas Champagner. Als die Vier letzten Lieder in der Janowitz-Interpretation erklingen, werden die Bewegungen von vier auf dem Teppich aneinandergefesselten Nackten sofort fließender, sanfter, langsamer. Ein eigenartiger Respekt. Aber schnell überspült von gurrendem Lachen, Gerammel.

Zum erstenmal sehe ich Frans Naessens nackt. Er hat sehr dünne Beine und Kräuselhaar auf Rücken und Schultern. Eine ausgelassene Rothaarige zieht ihn an seinem erigierten Glied in den Raum, der als Bar dient. Ihr Schamhaar ist grau.

»Hallo, alter Wichser«, begrüßt mich ein Fremder, in dem ich nach drei fassungslosen Sekunden Gerard, meinen fettsüchtigen Postboten, erkenne. Gerard, der mir vorgestern noch einen Katalog des Antwerpener Diamantenmuseums gebracht hat. Als Einschreiben. Ich unterschrieb. »Da haben Sie ja wieder was zu lesen am Wochenende«, sagte er schalkhaft und klemmte sich den Filzstift hinter das rote Ohr. Jetzt trägt er eine Dienstmädchenschürze.

»Guten Tag, Gerard«, bringe ich heraus.

»Willy«, sagt er. »Oder Jos. Oder Tina. Zur Not auch Piet.«

»Guten Tag, Piet.«

»Wenn man keine Namen nennt, kann man sich auch nicht vertun.« Er streichelt meine Wange.

»Sorry«, sage ich. »Ich sehe gerade eine Bekannte. Ich habe sie seit Jahren nicht mehr gesehen.« Ich deute ins Ungewisse.

Der Postbote traut mir nicht. Habe ich ihm zu Neujahr auch genug Trinkgeld gegeben? Er fragt, ob ich ihn gleich ins Delphinarium begleite. »Das sind so kluge Tiere.«

Laura kommt vorbei, sucht jemanden, den sie verschlingen kann. Ihre Dessous sind geschrumpft und klatschnaß. Mit wildem Blick schaut sie umher. Ich verstecke mich mehr oder weniger hinter dem voluminösen Gerard. Als Laura sich umdreht, sehe ich Zahnabdrücke auf ihrem Po.

Ein Pitbull?

Die meisten Aktivitäten klingen gerade aus. Wir sind tatsächlich zu spät gekommen. Ich habe mehr als genug gesehen. Vier Herren, ermattete Voyeure, haben sich in die Bar zurückgezogen, wo der junge Araber hinterm Tresen steht. In Hemdsärmeln und ohne Schuhe nippen sie an ihrem Armagnac und plaudern. Hin und wieder erreichen uns Fetzen von Gejubel und Filmmusik, John Barry. Ich bin froh, daß Naessens und Verbist sich nicht melden.

Was geredet wird:

– »Ich hab den Lunch mit dem Gouverneur bei van Eyck abgesagt. Van Eyck ist nicht mehr zu genießen. Das Gestrunze über sein Enkelkind. Daß es laufen kann, daß es singen kann. Und dann das Geprahle mit seinem Vermögen. Wieviel wird er haben, eine Milliarde oder zwei?«

– »Höchstens.«

– »Wo ist Janine? Im zweiten Keller? Golden Shower?«

(Ist Janine Lauras Deckname?)

– »Plato kann hundertmal behaupten, daß kein Mensch von Natur aus böse ist. Er kennt meinen Bruder nicht.«

– »Margriet kam gestern mit so ner Fresse nach Hause. Sie war zur Auktion von Sotheby's gewesen, weil sie einen Breughel gesehen hatte, der ihr für unser Haus in Ramatuelle gefiel. Aber im letzten Augenblick wollte sie ihn nicht mehr, weil es soviel Geld war und sie an die Kinder in der Sahelwüste dachte, die überhaupt nichts haben, und du kennst ja unsere Margriet, wenn's um Kinder und Tiere geht, ist sie nicht normal. Also läßt sie den Breughel sausen, aber hinterher tat es ihr dann doch leid, sie geht zum dritten Tag der Versteigerung und sieht da einen Breughel, entfernte Verwandtschaft des ersten, aber auch signiert. Ich sage: ›Na, Margrietje, wo ist er denn, dein Breughel.‹ Sie sagt: ›Es ist schrecklich, er war verkauft, eh ich's gemerkt habe.‹ Ich sage: ›Margriet, hast du denn auch die Hand gehoben?‹ Sie beginnt zu weinen. ›Ich hab's vergessen.‹ Ich sage: ›Aber Margrietje, du weißt doch, wenn du etwas willst, mußt du dich melden. Für wieviel ist er weggegangen, der zweite Breughel?‹ ›Achtundzwanzig Millionen‹, sagt sie. Sie hat den ganzen Abend geflennt. Aber wenn du mich fragst, ist sie in dem warmen Saal eingeschlafen. Kein Wunder bei all den Pillen, die sie schluckt.«

– »Es ist ziemlich einfach. Gegen das Cholesterol darf man alles essen, was schwimmt oder rennt oder fliegt. Huhn und Fisch sind gut, Lamm und Rind fatal. Auch Eigelb ist fatal.«

Nach meinem dritten randvollen Glas Armagnac finde ich, daß ich auch eine Anekdote zum besten geben muß.

Ich sage: »Es war der achtzehnte September, Agnes' Geburtstag. Wir zwei haben im Café de la Gare gefeiert. Unser Kater Willem knurrte vor Wut, weil er nicht mitdurfte. Und weil er sich rächen wollte und nichts als Fressen im Kopf hat, fraß er die beiden Artischockenherzen, die unsere Putzfrau, die dußlige Kuh, auf der Spüle liegengelassen hatte. Wir kommen nach Hause, und Willem erwartet uns an seinem Lieblingsplatz oben auf dem Fernseher, die Vorderpfoten hübsch nebeneinander, ägyptisch, reglos.

Agnes will die Spätnachrichten sehen, sie stellt den Fernseher an, aber es kommt nichts als Rauschen und graue Punkte. Nach einer Viertelstunde Getue und Gemache mit der Fernbedienung guckt Agnes an der Rückseite des Geräts nach. Als ob sie Ahnung hätte. Und dann flucht und schreit sie los, denn sie entdeckt, daß Willem sich erbrochen hat, hinten auf den Apparat, die Teleröhre, die Bildröhre ...

Und am nächsten Tag, während ich im Büro eine Sendung Asiatika studierte, ist dann Hektor in unserem Leben aufgetaucht.«

»Hektor?«

»Kennen Sie ihn, Professor?«

»Und ob! Hektor war der edelste der Griechen, sein Kadaver wurde um die Wälle von Troja geschleift, bis Apollo einschritt und ihn vor der Verwesung bewahrte.«

»Unser Hektor sprach und sagte, Agnes hätte gut daran getan, den Apparat sofort auszuschalten, damit der Matsch von Willem trocknete. Er sagte auch, daß er Agnes schon öfter mit ihrem Einkaufswagen im Supermarkt gesehen habe. Worauf sie fragte, was sie ihm schulde, worauf er sagte: ›Aber ich bitte Sie, es war mir ein Vergnügen‹, worauf sie ihm einen grünen Chartreuse anbot und er ausrief: ›Das ist ja ein Ding, woher wissen Sie, daß ich ein Süßmaul bin und vor allem auf Chartreuse stehe. Auf den grünen.‹ Worauf er am folgenden Tag nachfragen kam, wie sich der Fernseher aufführe. Und jetzt ist es soweit gekommen, daß sie behauptet, ohne Hektor könne sie nicht leben.«

So wollte ich meinen Bericht vortragen. Mit diesen launigen Worten. Ich wollte sie fragen, ob sie wie ich der Ansicht seien, daß wir der Sprache und dem Zufall ausgeliefert sind, und daß dies zu erkennen das einzige ist, was uns bleibt. Aber ich kam nicht über die ersten Sätze hinaus. Die plaudernden Sprecher in der Bar unterbrachen ihre schalen Geschichten nicht, sie merkten höchstens, daß ich mich fürchterlich verhaspelte und mir die Wortfetzen in der falschen Kehle steckenblieben.

Ich begann ziemlich forsch. Ich sagte nämlich:

»Es war der achtzehnte Remember. Und es war Agnes' Gewürzfach.«

Darüber war ich so erschrocken, daß ich vor Wut die weiteren Sätze herunterschluckte.

Weil die meisten Kerzen erloschen sind und es zu regnen anfängt, sind die Salons in Dunkel gehüllt.

Laura liegt auf dem Billardtisch. Ihr Skai-Regenmantel bedeckt nur Kopf und Busen. Im Dämmerlicht ist ihr nackter Körper aus Bernstein. »Bist du's?« fragt sie. Ich antworte nicht.

»Ich bin müde«, sagt sie, »ich bin erschöpft. Ich habe mich in mir selbst erschöpft. Nur du hättest etwas daran ändern können.«

Sie zieht an meiner Krawatte, sie zieht daran, bis ich auf den Billardtisch steige. Sie legt einen nackten Schenkel über meine Hüfte und führt meine Hand an ihre Vulva, an ihren wilden Duft.

In diesem Augenblick geht plötzlich ein unerträglich grelles Neonlicht an und jemand sagt mit Brüsseler Akzent, es sei höchste Zeit. Laura zieht sich den Regenmantel über die Schultern, sie zittert, als spüre sie eine eisige Kälte.

Aus den angrenzenden Räumen kommen Gäste mit Kleidungsstücken. Vertrautes, zärtliches Geflüster ist zu hören, während die Herren unter den Tischen, zwischen den Sofakissen nach ihren Sachen suchen.

»Ich glaube, diese Socke gehört Ihnen.«

»Haben Sie vielleicht meine Weste gesehen?«

»Verzeihung, mein Mantel ist auch dunkelblau.«

»Ich hatte einen Schal dabei. Einen Pashmina. Pfirsichfarben.«

Verstreut über das Haus, auch über die Veranden, erklingt ein Chor der plappernden Stimmen und das Klingeln der Handys.

Dann verstummen die Höflichkeiten. Man horcht. Über unseren Köpfen, aus einem Raum im ersten Stock, den wir nicht betreten durften, ist ein monotones, regelmäßiges, hartnäckiges Stampfen zu hören. Die Decke vibriert.

Die schlampig angezogenen Zuhörer sehen einander erstaunt an. In ihrem Blick liegt jedoch auch Respekt für das unablässige Gebumse, das mechanische Tempo ohne jede Variation.

»Sie wollen nicht voneinander lassen«, sagt Laura fröstelnd.

Ein flachshaariges Mädchen sprüht ein säuerlich riechendes Parfum in die Ecken des Raums, gefolgt von einem alten Mann in einem vergammelten Smoking, der Kissen aufschüttelt und die Vorhänge symmetrisch zuzieht.

Man fragt ihn, wer die begnadeten, heroischen Kopulierenden sind. Ob sie Viagra schlucken. Welche Frau stellt so hohe Ansprüche an ihren Bettpartner?

Er zieht die mit Kopfschuppen übersäten Schultern hoch. Er schaut mich an, grimmig und erwartungsvoll. Ich weiß, was er sagen wird. Und er sagt es. Und er trottet davon. Mein Vater sagte es innig. »Lucje, du kleines Arschloch, was hast du nun wieder ausgefressen?«

Das flachshaarige Mädchen erklärt, das rücksichtslose Gewummer von oben sei dem Konsul von Uruguay zuzuschreiben, der jeden Tag um diese Zeit auf seinen Hometrainer steige; der Herr sei um die achtzig, und Kinder, Enkel und Urenkel würden sich vor seinem Bett wegen des Erbes drängeln.

Ich weiß nicht, warum meine beiden Gefährten, Frans der Fälscher und Verbist der Otologe, uns im Stich gelassen haben. Sie waren da und sind jetzt nicht mehr da.

Der hochgewachsene Sportler, der uns begrüßt hat, sagt, wir könnten ruhig in seinem Wohnzimmer warten, denn die Zentrale habe gemeldet, daß in der nächsten halben Stunde keine Taxis verfügbar seien.

Wir sitzen einander gegenüber. Laura im Barcelona-Sessel von Mies van der Rohe, schick abgewetzt, vermutlich schon 1937 gekauft.

Wir schweigen. Das Gebimmel der Handys und die Stimmen werden immer leiser.

Die Stille dauert an, der Fluch. Dann sage ich: »In Ulan-Bator hat man Reiher von Dinosauriern gefunden.«

»Eier«, sagt sie.

Wieder Schweigen. Eine halbe Minute.

»Laura, ich habe dich nicht wiedererkannt. Alles läuft furchtbar quer. Wie konnte ich meine bloße Liebe nicht wiedererkennen?«

»Große.«

»Es macht mich ganz bärtig. Meine Hormone spielen verrückt.«

»Jetzt übertreibst du«, sagt Laura. »Konzentrier dich, denk nach, bevor du den Mund aufmachst.«

Laura als Frau Lehrerin. Soll ich ihr einen Gefallen tun?

»Ich weiß was Neues«, sage ich vorsichtig. »Bisher hat man geglaubt, Erwachsene könnten keine neuen Gehirnzellen mehr hervorbringen. Aber Kanarienvögel bilden Tausende von Neuronen, damit sie neue Lieder lernen können. Und die Makaken können in ihren Gehirnen, in einem Areal direkt über dem Großhirn, Ströme von neuen Neuronen bilden.«

»Hör auf mit deinem Vortrag«, sagt sie.

»Auf wen soll ich hören?« frage ich.

»Hör auf, Luc.« Sie kramt in ihrer Leinentasche und gibt mir eine durchsichtige Tüte mit Dutzenden von grellfarbenen Feuerzeugen.

»Hier. Für jedes Jahr eins. Was sagst du?«

»Danke, Laura.«

»Gern geschehn.«

Mit ziemlich elegantem Schwung werfe ich die Feuerzeuge über meine Schulter. Sie prasseln auf den Marmorboden.

»Oh, Meneer ist verbittert!« sagt sie. »Das paßt aber gar nicht zu dir.«

Der Regen hat aufgehört. Aus dem Weißen Haus ist *Douce dame jolie* von Machaut zu hören, außerdem Fetzen eines sehr vertraulichen Streits. Wir horchen. Laura ist leichenblaß.

Ein Taxi fährt vor.

Der Fahrer, ein junger Araber, schaut uns mißtrauisch an. »Einer!« sagt er in barschem Ton.

»Was einer?«

»Ich nehm nur einen mit!«

Ich entdecke, daß der Zwerg und der Mann, den ich für Gerard, den Postboten, hielt, aneinandergelehnt auf der Rückbank sitzen. Der Zwerg hält mit geschlossenen Augen einen kleinen Koffer zwischen den Knien, wahrscheinlich mit der zerknitterten Polizeiuniform.

Der vermeintliche Postbote ruft: »Komm auch rein! Richtig nett hier.«

Der Fahrer schlägt mit der flachen Hand fest auf den Beifahrersitz. »Die Dame sitzt hier. Nicht mehr als drei Fahrgäste. Vorschrift.«

»Sag nur ruhig zweieinhalb Fahrgäste.« Der Zwerg lacht gackernd, die Augen geschlossen.

Lauras weißes, mattglänzendes Gesicht ist das schönste, was ich kenne.

»Fahr du nur ruhig, Luc.«

»Nein, fahr du nur mit.«

»Bist du dir sicher?« (Natürlich nicht.)

»Ganz sicher«, sage ich.

Der Fahrer sagt, wir sollten uns jetzt sofort entscheiden, und wir müßten uns beeilen, denn wir würden uns in eine gefährliche Zone begeben. Die Stadt sei in die Zonen A, B, C und D eingeteilt. Zone

D sei die schlimmste, darum kontrolliere die Polizei dort am strengsten. Er lebe schon seit fünfzehn Jahren in Belgien, und noch nie seien die Kontrollen so scharf gewesen.

»Du hast es gehört, Luc. Du gehörst in die ungefährlichen Zonen.«

Sie steigt ins Taxi ein. In einem Film von Douglas Sirk würde sie nun hinter barockem Gitterwerk und zwischen Magnolien im Close-up einen unermeßlichen Schmerz ausdrücken. Sie schaut sich nicht um. Ich will nicht sprechen, mich nicht versprechen.

Ihre nassen Nackenhärchen auf alabasterner Haut. Verschwunden. Ich will sie. Ich wollte sie.

Nun fährt Laura mit ihren beiden schlafenden Höflingen an plattgeregneten Kornfeldern vorbei. An ockerfarbenen Villen, die einst toskanisch wirken wollten. An ausgebrannten Autobussen. Dann an verkohlten Dörfern, rußschwarzen Fassaden ohne Fenster und Türen. Alte Leute in Soldatenmänteln jammern bei ihren überschwemmten Kellern. Soldaten trinken Dosenbier, schießen auf zahme Kaninchen, die es nicht wagen, sich vom Fleck zu rühren. Scheu hinken Dorfbewohner so schnell sie können weg, im Arm ein Brot, das sie wie einen Säugling tragen.

Ich gehe weiter.

Ist das die verbotene Zone? Es sieht aus, als hätte sich eine Schlammflut über die Landschaft ergossen. Sogar die Luft ist rostbraun. Die Männer, Frauen und Kinder, die gebückt den Boden absuchen und hin und wieder mit den Händen oder mit Holzlöffeln in der Erde graben, sind auch erdfarben. Dann und wann stößt einer von ihnen ein gieriges Grunzen aus und zeigt den Knopf eines Uniformmantels, eine verkrustete Brieftasche, einen Schlüsselbund.

Sie sind zu müde, um sich die kärglichen Funde gegenseitig streitig zu machen. Keiner ist der Anführer. Oder vielleicht doch der Mann mit den hängenden Augenlidern und einem Mund voller Zinkzähne, der auf mich zukommt und die Hand ausstreckt, eine Klaue mit scharfen, bleichen Nägeln. Ich gebe ihm mein bronzenes Amulett. Er hält es sich dicht vor die Augen, studiert die Inschriften auf der Rückseite und rennt mit langen Schritten weg, zum glühenden Horizont. Über der schlammigen Ebene haben sich Feuer gebildet, die weder qualmen noch prasseln, goldene Flammen, die aus der Erde kommen.

Ich gehe an dem neugotischen Gefängnis vorbei. Ich darf nun freiheraus reden, und das mache ich ausgiebig, gewandt, als würde ich den Kaufwütigen in einer Auktion die achtzehnte Rosen-Jardinière mit Markenzeichen und Datierung beschreiben.

Was ich sage? Daß die Bewegungen des Körpers sichtbar und die des Geistes im Unsichtbaren verborgen sind.

Daß wollen allein wenig ist, daß man begehren muß, will man etwas erreichen. Daß ich Laura will, aber nicht begehre. »Denn, Laura, meine Königin, für Schusters Rappen gibt's keinen Hafer mehr!« rufe ich schalkhaft.

Emphysem. Die plötzliche Müdigkeit, die nutzlose Müdigkeit. Ich auch. Ich setze mich auf den Marmorsockel einer Marmorkaiserin, die auf einem Marmorthron sitzt.

Mit gebücktem Gang erreiche ich mein erleuchtetes Haus. Durch das Fenster neben der Haustür sehe ich die häusliche Szenerie. Agnes' Vater führt das große Wort. Heftig gestikulierend spielt er Höhepunkte aus dem letzten Fußballspiel nach. Der FC Brügge hat gewonnen, denn Schwiegervater ist vor Freude außer sich.

Agnes' Mutter sitzt im Sessel vor dem Fernseher und ißt ein Stück Käsetorte. Cholesterol. Alles, was rennt, fliegt oder schwimmt.

Agnes starrt in den Garten, eine Camel-ultralight im Mundwinkel. Sie wartet auf mich. Willem liegt zusammengerollt auf ihrer Schulter.

Eine Familienszene wie ein Aquarell von Norman Rockwell. »Familie, wartend auf den verlorenen Sohn.« Wenn man vor sechs, sieben Jahren in Rockwells investiert hätte, könnte man sich heute über eine Rendite von mehr als fünfhundert Prozent freuen.

Noch tiefer vorgebeugt gehe ich auf meinen schmerzenden Zehen zur Garage. Die Motorhaube von Agnes' Honda ist noch warm. Wo hat sie nach mir gesucht?

Ich schiebe mich am Auto vorbei zur Heimwerker-Abteilung der Garage mit dem angrenzenden Schuppen, wo es nach Benzin und verbranntem Laub riecht. Hier war ich seit Jahren nicht mehr. Alles ist von einer hellgrauen Staubschicht bedeckt, die zusammengerollten Teppiche, die Werkbank, die Kissen, die deutsche Wäschetruhe. Auch der Fernseher, den Agnes durch die Vermittlung des fachkundigen Hektor durch einen teureren ersetzt hat. Auch die Gesammelten Werke von Alexandre Dumas. In einer sehr fernen Vergangenheit war ich der Graf von Monte Christo.

Ich sitze in einem ramponierten Chesterfield-Sessel, neben mir ein rostiges Fahrrad mit einer rostigen, schlammgelben Steuerplakette. Zu meinen Füßen steht ein Pappkarton voller Votivgaben, die ich in der Zeit, als ich zum erstenmal nach Paris fuhr, gesammelt habe.

Im Jahr soviel durfte ich Meneer Vercammen (Galerie Serendipity, Zeedijk, Knokke-Zoute) zum erstenmal nach Paris begleiten, zu *Le Palais des Congrès.* Meneer Vercammen war bekannt »für seinen erlesenen Geschmack, seine unerschütterliche Deontologie und sein beneidenswertes Gespür für Talent«. So hatte er es persönlich in seinem Katalog formuliert. Vor allem ein Armstuhl mit Spitzbogen und Beinen in der Form von Säulenbündeln aus dem Jahr 1805 hatte es ihm angetan.

Um seine Neuerwerbung zu feiern, ging Meneer Vercammen am Nachmittag ins Bordell. Später, nach einem ausgiebigen Spaziergang, wollte er mit mir in der *Closerie des Lilas* zu Abend essen. Meneer Vercammen hielt sehr viel auf Pünktlichkeit. Deshalb nahm ich an der Station Bastille um halb acht die Metro.

Das Mädchen hatte eine breite Stirn und straff

nach hinten gekämmtes, vom Gel tiefschwarz glänzendes Haar. Eine schmale Unterlippe. Knabenhüften. So machte ich, an der Halteschlaufe der Metro hängend, eine Bestandsaufnahme. Sie spürte meinen Blick. Erwiderte ihn. Ich konnte nicht anders als weiterstarren. Sie hielt sich an einer Stange fest. Sie fuhr mit der Zunge über die Lippen, biß sich auf die Unterlippe, die schmal und blaß war.

Zusammen fuhren wir durch den dunklen Korridor in den Höhlungen der Erde. Sie wandte sich hin und wieder ab, aber das war ein Schmerz, der das Erlebnis des Zurückschauens noch intensivierte.

Ein einfaches Mädchen, herausfordernd, doch zu jung, um eine Herausforderung wahrzumachen. Im Wollmantel. Mit einem zerbrechlich wirkenden Hals.

Sie kam zwei Schritte in meine Richtung, klammerte sich an einer anderen Stange fest, ergriff die nächste von unzähligen verschwitzten Händen feuchte Halteschlaufe. Geölte Wimpern, Silbersprenkel in den breiten Augenbrauen.

Die Metrotüren zischten. Andere Leute stellten sich zwischen uns. Und wieder ergriff sie die Initiative. Sie schob ein paar müde Büromädchen beiseite und war nun so nah, daß ich ihr Parfum (*Vent vert*) riechen konnte. Ihre Augen waren weit geöffnet, ich sah, wie sich die weißen Keramikfliesen darin spiegelten. Soll ich aussteigen, wo sie aussteigt?

Die nächste Station war Montparnasse. Die Metro fuhr langsamer. Ich glaubte, Triumph in ihrem knochigen Gesicht wahrzunehmen. Die weißen Hände mit den schlanken Fingern umklammerten krampfhaft die Schlaufe. Die Metro hielt.

Weil ich zu Recht als Arschloch bezeichnet werde, weil ich meine Verabredung mit dem großtuerischen Meneer Vercammen nicht abzusagen wagte, weil das Mädchen so viel verletzliche Hingabe gezeigt hatte, schob ich mich die drei fatalen Schritte zur offenen Tür. Ich beeilte mich sogar. Nichts wie weg. Erst als ich das Zischen des anfahrenden Zuges hörte, schaute ich mich nach einem erstaunten Gesicht um, aus dem Tränen wie bei einem Baby quollen.

Ich habe schrecklichen Hunger, aber keiner kriegt mich aus dem ramponierten Chesterfield-Sessel, wo mir nichts geschehen kann, denn ich habe den Kopf der kleinen Tochter meines japanisch-amerikanischen Freundes bei mir. Meine Beine im Prince-de-Galles-Anzug von Verbist jucken.

Dann erscheint Agnes' Silhouette in der Türöffnung, im Gegenlicht. Ihre Hüften sind breiter geworden, seit Hektor sie streichelt. Sie hat im Flur eine Rotfuchsjacke angezogen.

»Luc. Ich dachte, du wärst tot«, sagt sie. »Hast du dir einen neuen Anzug gekauft? War Ausverkauf im Theaterfundus?«

»Hat der FC Brügge gewonnen?« frage ich.

»Ich glaube schon. Komm mit. Meine Eltern sind sehr unglücklich.«

»Unglücklich oder unruhig?«

»Hast du es noch immer mit deinen komischen Wörtern?«

»Jetzt nicht mehr. Das ist vorbei.« (Es ist nicht vorbei. Die beschädigten Worte werden sich vermehren. Wie Brote.)

»Jetzt komm. Ja?«

»Jaja.« Ich stehe auf, sie hält mich mit verzweifelter Heftigkeit fest. Ihre Lippen an meinem Hals, dann ihre nasse Nase, die sie hin und her reibt.

»Ich dachte, ich würde sterben«, sagt sie.

Wir gehen zu dem erleuchteten Haus.

»Falls mir etwas Ernsthaftes zustoßen sollte«, sagt Agnes, »und ich sterbe, versprichst du mir, daß du es persönlich Hektor mitteilen wirst? Er ist nämlich für einen Monat in Mecklenburg.«

Ich bleibe stehen und mache das V-Zeichen.

»Das verspricht dir«, sage ich, »ein Körper, der dem Ende versprochen ist«, sage ich feierlich.

»Komm mit rein.«

»Ja.« Meine Seele stammelt, meine Wörter nicht mehr.

»Tschilp, tschilp, tschilp«, sage ich. »Ich bin der Kanarienvogel, der neue Neuronen bekommen hat und viele neue, hübsche Lieder singen wird.«

DIE VERSUCHUNG

Senza perché

KATHARINA VON SIENA

Täglich wird Brot gebacken. Ist es schon so weit? Ich rieche Brot. Warum keine Hostien? Jeden Tag?

Verbranntes Holz, die Backöfen duften, die Schwestern schwitzen.

Die Frühgebete und die Terz. Danach, endlich, die Eucharistiefeier. Danach, o mein Verlangen, die innerlichen Gebete.

Gleich, viertel nach acht, das leibliche Wohl. Danach kam, früher, ich weiß noch sehr gut, was früher ist, das Stricken, das Nähen, das Häkeln für die fernen Schwestern am Äquator und ihre glänzend kohlpechrabenschwarzen Kinder ohne Kleider.

Chorgebet. Sexte. Chorgebet. None. Nachtgebete. Bald.

Ein Rotkehlchen hinter Käfiggittern läßt alle Himmel in Zorn erzittern.

Es hatte kein rotes Kehlchen, mein Kind, es war kein Kind, es war ein Blutfleck, das Blut auf dem Boden des Autos wurde weggewaschen, den schmutzigen Schlitz wuschen sie im Hospital.

Ich bin längst wach, aber ich wußte es nicht.

Jetzt doch. Meine Pritsche knarrt. Ich hab mein Brot auf Erden nicht verdient. Das Brot riecht warm.

Im Schweiße deines Angesichts. Ich nicht. Vergib mir.

Früher – spürte man eine Decke. Zum Beispiel, wenn man fror, weißt du noch, Mechtild? Zuerst die Haut mit den kalten Pöckchen, wie Warzen plötzlich, die eigenen Härchen, und dann das Haar der Decke und die Haut der Decke, und nach einer Weile etwas warmes, wollig, stinkend Heißes, das sogar angenehm war. Manchmal, glaube ich.

Ich beichtete es. »Vater, ich spüre manchmal die Decke, und es ist, glaube ich, angenehm.«

»Und dann?« sagte er schroff. Mit Tabak in der Stimme.

»Wie eine doppelte Haut«, sagte ich. »Wie die Haut auf der Milch, nur mit Haaren dran.«

»Wie bitte?«

»Haare. Poil. Hair.« Sagte ich damals, jung, vorlaut.

»Schwester Mechtild, es friert Stein und Bein! Also sorg bitte dafür, daß du unter der Decke bleibst. Das hat mit Askese nichts mehr zu tun. Ich befehle es dir. In deinem Alter? Frau, benutze deinen Verstand.«

»Nein, Vater.«

»Willst du möglichst schnell zum Herrgott kommen? Sag nicht, daß es das ist. Bitte, Schwester Mechtild.«

»Sie sagen es, Vater.«

»Willst du eine Lungenentzündung, ist es das?«

»Wenn es möglich wäre.«

»Fort mit dir. Geh mir aus den Augen.«

Das Schiebetürchen wurde zugeknallt.

»Ja, Vater.«

Vögel.

Es heißt, wenn ein Sinnesorgan ausfällt, arbeiten die anderen doppelt und dreifach.

Als ich noch sehen konnte. Rotkehlchen.

Elstern. Weiß und schwarz. Ein kleiner Blitz mit einem Schatten. Er schoß. Die Elster fiel, Gekreisch, Geflatter.

Auch Tauben. Das Kind meiner Schwester: Taubenkrankheit, es magerte zusehends ab, Professoren wußten keinen Rat.

Ich bohnerte gerade das Refektorium, als Schwester Coleta die Nachricht brachte.

Die Krankheit der Tauben.

Die Schwestern singen. Schwester Paula hat gesagt: »Es ist das aller-aller-schönste auf der Welt, wenn meine Schwestern singen.« Schwester Paula vom Heiligen Herzen, die blöde Ziege. Was soll so ein Geschwätz? Das schönste! Für eine Nonne, die vor Jahren ihre Gelübde abgelegt hat.

Es gibt nur ein Schönstes.

Wenn Er am Boden liegend singt, schweißnaß vor Angst und Kummer um uns, im Garten Gethsemane, in der Nacht, in der die Soldaten kommen werden, um Ihn zu holen.

Vergib mir, Schwester Paula vom Heiligen Herzen.

Merk's dir, du Ziege! Vergib mir, Schwester.

Im Garten Gethsemane die Morgendämmerung, wie jetzt. Gold im Mund? Säure, Erbrochenes, Galle im Mund. Schluchzend liegt Er da.

Der Tag hat begonnen. Danke, Mechtild, du kannst es noch unterscheiden. Danke für den Unterschied zwischen Licht und weniger Licht.

Die Schwestern singen. Ich muß mich kratzen, aber ich lasse es. Erste Intention, die erste heute.

Der Tractus der Gemeinschaftsmesse für eine jungfräuliche Märtyrerin.

Heute ist es Klara. Eine einfache Messe.

Klara lief von zu Hause weg. Zu den Benediktinerinnen. Franziskus schnitt ihr eigenhändig die Haare ab. Die Schere existiert noch, sie liegt auf einem Samtkissen in Italien.

Klara tat so viel Buße, daß jedermann erschrak – und in jener Zeit, bei Franziskus, erschrak man nicht so leicht. Es war im Jahr soundsoviel. Ich wußte es mal, das Jahr.

Dreißig Jahre war sie krank, Klara.

Nicht klagen, Mechtild. Du nicht.

Veni, sponsa Christi, haben sie gesungen.

Schlamm in meinen Ohren. So viele Tauben. Das Wasser läuft mir aus den Augen.

Nichts sehn, aber heulen für zehn. »Heulen« muß ich sagen, weil Schwester Clarissa es so will. Ich darf nicht sagen: »flennen«, das ist kein gutes Flämisch für das Wasser in meinen Augen.

»Und was macht ein Kettenhund?« habe ich sie gefragt.

»Der Hund kläfft«, sagte Schwester Clarissa.

»Nein, nein, nein. Der Hund heult«, sagte ich.

Sie war sprachlos. »Du bist aufsässig, Schwester Mechtild.«

Schon seit ewiger Zeit sage ich »flennen«. Vater hat es gesagt, Mutter hat es gesagt, alle haben es bei uns in Heule gesagt. »Heulen«, das sagten wir von Hunden.

Aber alles verändert sich so schnell. Ich auch. Auch wenn ich es nicht will. Nur Er verändert sich nicht. Niemals. Danke.

Es wird regnen, ich spür's in meinen geschwollenen Beinen. Sie schmerzen. Danke.

Ich müßte mich kratzen, aber ich lasse es bleiben. Knöchel, Knie, Waden, sie schmerzen. So ist es gut. Jeden Tag, jede Stunde wird es schlimmer. Manchmal denke ich, daß ich sieben Decken habe, und daß sie sich verschieben und alle sieben scheuern. Über meine Pusteln.

Als ich meine Zehen noch sehen konnte, waren sie blau, fast schwarz.

Manchmal sehe ich Glas, milchiges, mattes Glas. Licht. Ein Paral-le-lo-gramm.

Licht. Es ist Frühling.

Veni, veni, veni, Im Mai, im Mai, im Mai.

»Mechtild«, sagte mein Mann, »kannst du denn überhaupt keinen Ton halten?«

»Nein, Mann.«

Er sagte nicht: Mechtild. Ich hieß damals anders.

Ich bin Schwester Mechtild. Früher war ich jemand anders. Meine Zelle hat mich verändert.

Ich darf nicht »Zelle« sagen. Es heißt jetzt: »Zimmer«.

Das Zimmer stinkt nach mir. Auch wenn ich nicht riechen kann. Eine Nase wie ein Stein. Ein Stein aus Watte.

Haare fallen aus, liegen neben einem, die Wange spürt sie.

Fingernägel brechen ab, kleine Blumenblätter.

Blumen sind Häutchen mit Dornen, soviel weiß ich noch. Lo-be-lia.

Ellbogen kaputt. Anderer Ellbogen auch kaputt.

Und ich laufe überall aus.

Man kann Därme nähen.

Was machst du, Mechtild? Inventur. So?

Die Schenkel gesprungen, Zucker im Blut.

Haha! Und die lädierte Milz, die zerdrückten Drüsen, das zerschmetterte Ohr.

Es ist gut. Danke.

Das letzte, was ich sah, war der Schatten eines Strauchs auf dem Pflaster. Dann wurde es grau in meinen Augen.

Früher hatte ich Augenbrauen, Wimpern. Sie hielten den Schweiß zurück.

Vor vielen Wintern, durchs Fenster, ein Flugzeug. Vor noch mehr fernen Wintern Nächte voller Flugzeuge und Sirenen.

Die Schwestern schnattern, plappern. Unerträglich war es am Anfang, als es erlaubt war, das Sprechen.

Nach der ganzen frohen Zeit, der stillen Zeit wieder die Gewöhnung an Wörter: Monat und Mond und Mann und Mund.

Die Schwestern lachen. Das ist das schlimmste. Satan lacht. Das *Lamm* lacht nicht. Es blökt, es heult.

Sein Herz, gänzlich entflammt, hat Er im 13. Jahrhundert Lutgardis gezeigt, im 14. Jahrhundert Gertrudis und Mechtildis, denen von Helfta. Süßes Herz.

Die Schwestern schwatzen, sie erzählen Witze, sie verschlafen sich, fahren Auto, essen Spaghetti. Eine, ihren Namen nenne ich nicht, hat eine Zigarre geraucht, die ein Priester ihr angeboten hatte.

Ich sehe Dich besser als mit meinen Augen. Wenn ich Dich im Dunkeln meines Schlafs sehe, mache ich ins Bett. Das ist Deine Schuld. Ich darf Dich nicht sehen. Ich darf nicht an Dich denken. Es kommt von meiner Hoffart.

Oder soll ich meine Gedanken an Dich in einem Winkel meines Gehirns aufschichten? Dich für später schonen? Der Tag ist lang. Durch meine Gedanken an Dich wirst Du Dich nicht abnutzen, so wenig wie durch die Abwesenheit meiner Gedanken an Dich.

Es ist die Hoffart des Genusses, und dieser Genuß muß ausgelöscht werden, sonst gibt es keine Buße, und nur Buße kann Dir wohlgefallen.

Antworte mir nicht. Noch nicht. Am liebsten nie. Denn dann würde ich mich vielleicht nicht mehr nach Dir verzehren. Mit Wasser in den Augen, im Mund, wie bei großem Hunger.

Genug. Weg mit Dir. Vorläufig, mein süßes Herz, vorläufig.

Schwester Bertken riecht nach der Apotheke. Ich frage sie nicht, warum. Nichts Persönliches. Damit fangen wir gar nicht erst an, was, Mechtild? Übrigens, trotz Dispens, ich spreche nicht.

Das Bett knarzt, quietscht. Fast so laut wie ich. Das Bett ist ein Gegenstand der Welt. Wie ich. Ich, die ich dennoch den Auftrag erhalten habe, es nicht zu sein. »Darum hat Gott, dein Gott, dich gesalbt mit dem Öl der Freude wie keinen deiner Gefährten.«

Die Handgelenke schmerzen. Ich salbe sie nicht. Ich sitze.

Verschnaufen. Das Zahnfleisch blutet.

Mechtild, schmutziges Ding.

»Deine Askese, Schwester, dieses übertriebene Verlangen nach Buße, macht uns Sorgen.«

»Ja, Vater, ja, Vater.« (Er kaute Tabak, der Geruch durchdrang die kleinen runden Löcher im durchtränkten Holz des Beichtstuhls.) (Er schlug das Türchen zu.)

Ich rappelte mich auf. Ja, Vater. Ich bin verrückt nach Ihm, und es macht mir nichts aus, daß Sie mir die Absolution nicht erteilt haben (es vergessen haben), denn der, nach dem ich verrückt bin wie ein schwachsinniges Bauernmädchen, erteilt nie die Absolution, auch Er nicht. Und der Mensch gehört nicht sich selbst. Das wußte auch Hadewych.

Ich fasele wieder, aber ich weiß, was ich fasele.

»Âne mittel blosz ze sîn.

Âne underschiet.«

Novizen, Postulanten, Schwestern, sie singen, weil es mein Festtag ist. Namenstag, Geburtstag, es waren feste Tage früher. Ich trug einen anderen Namen. Aber diesen Namen will ich nie mehr nennen, ich will mich nicht verbrennen an dem glühenden roten Drähtchen zwischen Mechtild und jener anderen von früher.

»Deine Füße sind jetzt ganz schwarz«, sagte Schwester Bertken.

»Du mußt zu Doktor Bruyninckx«, sagte Mutter Oberin, »so kann das nicht weitergehen. Und du ißt nicht genug, und trotzdem wirst du dicker. Sieh dir mal den Bauch an.«

»Das ist Wasser, Mutter.«

»Dann muß das Wasser heraus.«

»Die schwarzen Füße«, sagte Schwester Bertken, »das ist schwarzes Blut.«

»Es ist gut.« Das habe ich gesagt.

Schwarz und kalt wie meine Füße werde ich ganz und gar sein und das ist gut. Wärme, das ist etwas für die anderen, die an Ihn als an einen Quell von rosa, behaglicher, heller Wärme denken. Aber Er ist kalt. *Gaudete, justi*. Ich will wie Seine Kälte sein. Eiszapfen als Gedanken.

Am Anfang. Nicht am Anfang des Anfangs, denn da war meine Seele maulwurfsblind, sondern am Anfang der Blindheit meiner Augen, als ich zum erstenmal die Hand an das glühende Ofenrohr im Refektorium legte, da empfand ich Kummer über so etwas Liebliches, so etwas wie meine liebliche Erblindung. Einen dummen, törichten, lächerlichen Kummer, denn es war kein Kummer um Ihn.

Dieser Festtag, das ist heute. Gleich. Eigentlich jetzt schon, denn sie singen für mich. Ich muß nicht weiterrühren in meinem Selbst. Er beginnt den Tag, das Fest ist für Ihn, auch wenn Er es nicht will, denn Er selbst ist das einzig Festliche, Choräle, Chöre. Betörend.

Der Gemüsegarten. Ich trug damals Holzschuhe.

Der Schloßgarten. Ich kannte die Namen der Pflanzen, der Sträucher.

Das Vatikanische Konzil, das zweite, in den zehn Jahren hat sich viel geändert, die Schwestern gehen nun in kurzen Kleidern, sie sagen nicht mehr »Ehrwürdige Mutter«, sondern »Schwester«. Hostien werden in der Fremde gebacken.

Früher war kein Licht in meiner Zelle. Wir aßen niemals Fleisch.

Und trotzdem jubelst du? (Leidet und jubelt zugleich im Ozean des Leidens.)

In meiner störrischen Finsternis.

Der Finsternis des Schnees.

Weil es zu Seinem Wohlgefallen ist.

In den Dünen wälze ich mich, Sand in den Augen,

am Boden liegend singe ich, ein quietschender Sack aus Wasser und Fett.

Nichts erwarten. Keine Seligkeit. Keine Ordnung, keine Bequemlichkeit, keine Sicherheit. Dieser Durst.

Mit zerschundenen Knien, wie eine Hündin, hin zu Deinem Geruch. Und immerzu Zähneklappern.

Wie sie, die Hure, als sie Ihm die Füße wusch mit ihrem langen, weichen Haar.

»Schwester Mechtild.«

»Schwester Bertken. Jetzt schon? Was ist denn das? Blumen, Silberpapier.«

»Lilien.«

(Ich sage nicht: Sein Körper, ein Hügel weiß von Lilien.)

Ich sage: »Danke.«

Sie, Schwester Bertken, zieht mir die Bettdecke weg. »Es ist der schönste Tag unseres Lebens. Ach, wenn ich mich nicht beherrschen würde, ich wäre neidisch auf dich. Vor lauter Aufregung habe ich kein Auge zugemacht. Ich habe dir eine neue Haube mitgebracht. Fühlst du sie?«

»Meine Haube ist gut genug.«

»Nein, Schwester, sie ist seit Jahren nicht mehr gebügelt worden.«

(Früher: die Regel. Die Stille. Eine Elster.)

»Komm, Schwester Mechtild, steh auf. Eins, zwei und die letzte Zahl heißt drei!«

Ich bin ein Ballen aus verdorrtem Gras.

Die glückliche Stimme der kleinen Schwester Bertken plätschert vor sich hin. Es kommt manchmal gar nicht von der Liebe, daß man sich so glücklich fühlt, sondern von der Natur, der Himmel kann diesen Einfluß auf die Sinne ausüben – und die, denen das oft widerfährt, sind nicht immer die allerbesten.

Sie, Schwester Bertken: »Alle Schwestern warten schon im Refektorium. Auf deinem Brot sind Schokoladenstreusel. Und es gibt auch eine Besondere Intention, Schwester Mechtild, eigens für dich.«

»Ich stinke.«

»Das kann man wohl sagen. Wann hast du zum letztenmal gebadet?«

»Das geht dich nichts an.«

»Glaubst du, daß das dem Herrn wohlgefällt?«

(Auf daß Er sich von mir abwende, sich die Nase zuhalte, auf daß Er erkenne: Sie ist Dreck!)

(Eines Tages zerrten mich die Schwestern auf Befehl der Mutter Oberin ins Badezimmer. Ich sträubte mich, biß um mich. Und erfror dann im Eiswasser.)

(Meine Sünden, meine Sünden.) »Jetzt geh, Schwester. Ich ziehe mich an.«

(Brandwunden in meiner Haut, Rußflecke auf meiner Seele.)

Meine Liebe, mein Krebs.

Rabboni, Meister. Rühr mich nicht an.

Doch? Wo bist Du?

Ekelst Du Dich vor mir? Zum Glück. Kehr nur zu Deinem Vater zurück.

Durch die Fettschichten, den Brand, die Risse hindurch mein Gewimmer. Sogar das Skelett tut mir weh.

Verachtenswert und empörend wäre es, Dich zu

bitten, daß Du mich gesund machst. So etwas Unbedeutendes gehört nicht in mein Gebet.

»Ach, Schwester Mechtild.«

Die weiche, tremolierende Stimme, das ist Schwester Hildegarde, sie kommt aus Alvoorde, ihr Vater war Blumenzüchter, sie hat Gicht und riecht nach Stroh. Die Gnade ist ein Zufall.

»Ach, Schwester Mechtild, komm, gib mir deinen Arm.«

Rühr mich nicht an. Lieber breche ich mir beide Beine.

»Hast du Schmerzen?«

»Nicht mehr als sonst. Ich bin es nur nicht gewohnt, zu gehen, das ist alles.«

»Nicht so schnell.« Keuchen. Der Kropf.

»Wir haben ein Lamm geschlachtet. Für dich. Für dein Fest.«

»Ich esse kein Fleisch.«

»Aber wir, nicht wahr, Schwester Bertken? Und gewiß heute. Zu Ehren des Festes von Schwester Mechtild.«

»Die Mutter, das Schaf, war es dabei, als ihr Kind, das Lamm, abgestochen, gehäutet wurde?«

»Natürlich nicht.«

Das Schaf sah es von fern auf der Weide geschehen. Das Schaf verlor aus Kummer sein Fell. Dicke Wollbüschel lagen im Gras, Wollbäusche wehten in den Obstgarten.

Im Jahr soundsoviel, vor dem anderen Krieg, fiel etwas aus mir heraus. Es lebte, es zitterte. Es fiel im

Auto auf den Boden, es lag im Staub, und es hing mit einem rosa, gelben, blutbespritzten Darm an mir fest.

Mein Mann wollte es Anna nennen.

Die heilige Anna trägt einen Blütenzweig in der Hand und reicht ihn wie eine Opfergabe jedem, der ihn annehmen will. Auf ihrem Schoß sitzt ein kleines Mädchen.

Ich habe Anna oft gesehen, aber mein Beichtvater hat mir verboten, darüber zu sprechen.

Gehorsam, rein und arm, darauf kommt es an. Ich darf nicht darüber lachen. Ich könnte es auch gar nicht, schon das Atmen kostet Mühe.

»Schwester Mechtild, ich will dich nicht hetzen, aber trotzdem ... In Bewegung bleiben, Schwester. Hopp. Marsch. Los. So.«

»Wir dürfen nämlich nicht zu spät kommen. Alles muß nach Plan gehen, verstehst du? Die ganze Zeremonie.«

»Nicht schubsen.«

»Nicht an ihren Rücken stoßen, Schwester Hildegarde!«

»Entschuldigung. Ich hatte es vergessen, Schwester.«

Die Wunden an meinem Rücken, die Risse und Schrunden, sie hatte es vergessen. Ha, Schwestern! Ich genieße es, Schwestern. Es gibt das Wesen der Liebe und es gibt das andere, den Akt der Liebe.

»Noch zehn Meter. Schau, sie warten auf uns.«

Ich versage beim Können. Nicht beim Wollen. Herr, hilf mir bei diesem lächerlichen Gang zu einem Fest. Nein, auch du, laß auch du deine Hände von mir.

»Hoch soll sie leben, hoch soll sie leben, drei-mal-hoch.«

Ich spüre ihre Blicke. Ach, wendet eure Schafsaugen von mir, Nonnen, die ich Schwestern nennen muß.

Es gibt drei Tische: der zweite Tisch ist der prächtige, unter der Uhr; der erste Tisch, zu dem sie mich bringen, tragen, zerren, ist der Tisch der Ältesten.

So gibt es auch drei Glocken, die große ist die von Jesus, eine weniger wichtige, die Dorfglocke, die der heiligen Teresa (die ihr Tamburin schlug, damit die anderen Schwestern tanzten), und eine armselige kleine Glocke, mit Mühe hörbar, läutet den Angelus für die Toten.

Ich weiß noch gut, wie ich mich schämte, als ich zum erstenmal am dritten Tisch saß und die Küchenschwestern sah, schweißtriefend, still und niedergeschlagen. Scham, Wut, Trauer – weil von mir erwartet wurde, eine kluge Jungfrau zu sein, eine aus der Zahl der Vernünftigen, und nicht wie sie, Magd, Dienstmagd, Küchenmagd, Schlampe.

»Nimm Platz zu meiner Rechten, Schwester Mechtild. Möchtest du Honig? Kakao?«

»Ich kann nicht essen, Mutter.«

Ich kann drei Brote essen, zwei Gläser Kirschkonfitüre. Ich habe einen Mund aus Zinn und einen gestrickten Magen. Das sagte mein Vater auf dem Bauernhof, wenn meine Mutter ihn warnte, daß der Buttermilchbrei zu heiß sei.

Ich sehe ihn oft, er sitzt auf einem Misthaufen, der in Brand steht, es qualmt, er wird versengt.

»Schwester Bertken, sie hat nicht gebadet!«

»Sie hat sich geweigert, Mutter Oberin.«

Ich sage: »Ich bin ungehorsam, Mutter.«

»Heute wollen wir mal ein Auge zudrücken. Trink den Kakao. Hier. Vorsichtig.«

(Und flüsternd, von mir abgewandt: »Schwester, in meinem Zimmer, links neben dem Waschbecken, findest du eine Sprühdose, Bidex-Deodorant steht darauf, in blauer Schrift. So kann sie ja nicht unter die Leute!«)

Das Böse um mich herum. Das Böse in mir.

Ich bin Verzweiflung und Böses.

Sie sind böse ohne Verzweiflung.

Beim Essen spielt ein Radio.

Die Schwestern fahren jetzt ab und zu nach Hause. Als meine Mutter starb, durfte ich nicht hin.

Es gibt jetzt Zellen mit Blümchentapeten, mit Puppen, Perlen. Die Schwestern spielen manchmal Karten oder Tischtennis, ich höre es, wenn sie jubeln.

Die Gitter sind auch abgeschafft. Und der Nachtchor. Und die unsichtbare Gnade.

Er fährt mir mit den Fingern durchs Haar, wenn ich schlafe.

Und daß ich nicht oft genug zur Kommunion gehe, sagt Mutter Oberin, das mache sie traurig, und Dechant Nachtergaele sehe das auch so.

Während einer Pfingstoktav (Pinksten, sagten wir früher) habe ich mich schlecht benommen. Damals erhielt ich die Kommunion in meiner Zelle. Ich zuckte und zitterte. Dechant Nachtergaele sagte: Das ist kein Sakrament des Schmerzes.

Seitdem nicht mehr. Wenn ich kommunizieren würde, wie sie, meine Schwestern, es so himmlisch finden, dann: Eins sein ohne Unterschied.

Er muß nicht in mir sein, denn dann ist Er mein Kind, und Mutter sein ist mir zu klein.

»Schwester Mechtild, es ist Zeit.«

(Madeleine, Madou, Malaise hieß ich. Als ich Zeit hatte. Zeit, Einheit, Dauer. Was mir widerfuhr, die verändernde Bewegung, ich hielt es für die Wirklichkeit, glaubte, daß ich, Kreatur, wahrhaftig existierte.)

Ich glaubte, daß Er vom Säugling zwischen Ochs und Esel auf diese sechzig Kilo Wasser, Fleisch und Gebein am Kreuz hingelebt hatte, in einer Zeit.

Von Seinem Vater jämmerlich zur Schau gestellt auf jenem Berg mit dem Galgen.

Das ist die Zeit nicht. Es gibt eine andere Zeit. Oder überhaupt keine Zeit. (Es ist eine Erfindung, eine Gewohnheit, ein Glaube.) Aber ich fasele in mich hinein. Mutter Oberin zieht mich so, daß ich gerade sitze. Schwester Cecilia reibt mir mit einem feuchten Lappen übers Gesicht.

»Mutter, darf ich wieder in meine Zelle, pardon, in mein Zimmer?«

»Nimm dich zusammen, Mechtild. Heul nicht. Komm.«

Sie hält mir den Arm hin. Zwei dicke Bauern unter einem Regenschirm, wie im Lied.

»Wir sind spät dran«, sagt Schwester Bertken. Und sprüht einen sauren Geruch über meine Kleider, über meine Hände, die brennen und jucken.

Mutter Oberin schiebt mir eine Pille in den Mund, flößt mir Kakao ein.

Mein Bauch röchelt und gluckert. Macula. Sponsa Christi.

»Mama, ich will in mein Zimmer.«

»Nein, Madou, du bleibst hier. Halt dich gerade.«

»Mama, ich will nicht, daß dieser Mann mich anschaut.«

»Madou, er hat das Beste mit dir vor. Er hat eine brillante Zukunft vor sich. Brillanten an deinen Fingern. Und er ist im Kirchenvorstand.«

»Er zieht mich mit den Augen aus, Mama.«

»Hat er dich angefaßt?«

»Ja. Nein.«

»Es ist ein Sakrament.«

»Er will mein Inneres nach außen kehren, Mama!«

Das erste Mal, das war, bevor die Deutschen kamen. Die kalten, beklommenen Bewegungen, als es Nacht wurde und er sagte, ich sei die Schönste in der Stadt. Josef hieß er.

Er schrie wie ein Pfau und drehte sich dann weg.

Ulanen in der Stadt. Das Auto fuhr zum Krankenhaus. Dann riß die weiche Gummiwand in mir, das lauwarme Wasser strömte heraus, und das Ding fiel zwischen meine Knie.

Valium heißt das, was die heimtückische Oberin mir gerade gegeben hat. Es beruhigt.

Sie sagt, in meiner Person würden alle meine Schwestern, die überlebenden und die verstorbenen, geehrt werden beim Denkmal für die Gefallenen, der ganze Gemeinderat sei da und der Bischof, und ich solle meine Eitelkeit unterdrücken. Vergib mir, Mutter.

Sie spricht vom Herrn Jesus wie von einer Sahnetorte. Ich kenne diesen Herrn nicht. Sein Bild hängt in allen Fluren, das weiß ich noch von früher. Schon früher dachte ich: Dieser Herr Jesus muß ein entfernter Verwandter sein. Mehr nicht.

Das Kind fiel ohne hörbares Geräusch. Seine Hände und Füße waren violett, und es hatte rotes, nasses Haar.

Es rollte aus mir wie ein Kothaufen.

Das Auto hatte eiserne Räder. Alle Nähte meines Leibes platzten. Ich zerriß.

»Der Wagen des Kanonikus ist ein Mercedes«, sagt Schwester Bertken. »Mein Bruder hat auch so einen, aber ein kleineres Modell.«

Polizeisirenen begleiten unsere Fahrt. Schwester Bertken hält meine Hand.

Ich spüre das unerträgliche Tageslicht.

Was der Kanonikus mit Mutter Oberin bespricht, kann ich nicht verstehen. Es geht um die Plätze auf der Ehrentribüne.

Zieh mich samt meiner Haube aus diesem fahrenden Sessel. Greif in mein dünnes Haar und zerre mich weg von ihnen. Schmeiß ihn aufs Straßenpflaster, meinen lachhaft fetten Kadaver.

Aber je mehr ich flehe, desto mehr hältst Du Dich zurück. Du verheißt, Du verheißt und es ist gut so, ich weiß, ich weiß, ich glaube Dir.

Danke.

Laß mich so bleiben, auch wenn ich ersticke, in meinen Dunkelheiten, in meinem dunklen Heute, das in einem Mercedes fährt, in meinem Geruch von Sprühdose und zuckerkrankem Leib.

»Madeleine. Geh nicht fort.«

»Du warst gut zu mir, Josef. Aber du hättest nie ins Haus meines Vaters kommen dürfen.«

»Nie stochern in meinem Bauch.«

»Madeleine.«

»Du hättest nicht mal mit mir reden dürfen, denn ich bringe den Menschen Unglück.

Es ist kein Platz mehr für dich. Kein Quadratzentimeter in meiner ganzen Seele mehr für dich.

Vergib mir, Josef.«

»Willst du dich lebendig begraben lassen?«

»Ich kann nicht anders, Josef.«

»Auch andere Frauen haben ein Kind verloren.«

»Ja. Aber nicht, damit sie bestraft wurden, nicht, weil Er eifersüchtig war, wie es Sein Recht ist. Zu Recht hat Er dieses Kind aus mir herausgerissen, meine Lenden bespritzt.«

»Ich dachte, Er sei die Güte selbst!«

Ich bekam einen Lachkrampf. Einen Lachanfall, der nicht aufhörte zu schmerzen. »Er, Er, Er, die Güte?«

»Wie soll ich weiterleben?«

»Dann stirb, Josef!«

Der Bergrücken in der Ferne hieß Monte Calvario. Palmen. Kinder spielten mit einem spindeldürren

Ferkel. Auf dem Meer lag ein Kriegsschiff aus Silber. In der Bucht von Neapel. Damals habe ich der Zuneigung entsagt.

Wegen Dir. Den ich nicht kenne. Süßes Herz. Du, der Du verheißt.

Damals hast Du mich nicht mehr gewollt. Auch damals nicht. Du hast mich weiterhin gestraft. Wie ein Geschirrtuch hast Du mich in einer Ecke des Refektoriums liegenlassen, bei den Bürsten und den Besen. Und das ist noch immer so.

Zeremonie. Blaskapelle. Ansprachen. Der Bischof hat die Anwesenden gesegnet. Man hat allerlei über mich gesagt. Über ein pastellfarbenes Bild, ein Andachtsbildchen, eine Briefmarke, die ich sein könnte. Nicht die laue, graue Grotte voller Scheiße, die ich bin, die dumpfe Gruft.

Als die Zeremonie vorbei war, wischte mir Schwester Bertken mit einem Stück Papier, das an der Stirn kratzte, den Schweiß vom Gesicht. Brummend glitt das Auto dahin.

»Hier sind so feine Leute«, flüsterte sie und schob meine Haare unter die Haube. »Halt dich gerade.«

Ich tat es. Und drehte meinen Ring um den Finger, den von meinem ungetreuen, grausamen Verlobten, den ich nicht kenne, der mich anspuckt, wenn ich schlafe.

»Arsène«, sagte der Kanonikus, der Pfefferminzbonbons aß, »wir haben keine Eile. Wir können gar nicht vorsichtig genug sein mit Schwester Mechtild, nachdem sie jetzt den Orden von Leopold II. bekommen hat, was, Schwester?«

»Antworte!« zischte Mutter Oberin mir ins Ohr.

Die Sitzpolster des Autos trieften vom Fruchtwasser, vom Dreck, vom Blut.

»Ich will nicht unbescheiden sein«, sagt der Kanonikus, »aber von glaubwürdiger Seite habe ich erfahren, Schwester, daß es dem Herrn gefällt, Ihnen manchmal einen kurzen Blick auf sein Mysterium zu gewähren, in der Gestalt von ...«

Er wartet. Ich auch. Gehupe.

»Von Engeln, sagt sie«, sagt Mutter Oberin, die Petze.

»Richtig, richtig«, ruft der Kanonikus triumphierend.

»Ich kann dazu nichts sagen.«

»Hatten Sie das Gefühl, daß Sie sie leibhaftig sahen, diese Engel?« Er lacht. Über mich.

Ich sage: »Mijnheer Kanonikus, Sie lachen sich Ihre Seele weg.«

»Eine treffende Bemerkung«, sagt er. Ich höre sein falsches Gebiß ticken, lispeln.

»Haben Sie auch genug Platz für Ihre Beine?« fragt er.

»Kümmern Sie sich nicht um mich.«

»Wir können mit ihr nicht mehr unter die Leute«, sagt Mutter Oberin.

»Verträgt sie das Autofahren nicht?« fragt Arsène, der Chauffeur.

»Arsène, würdest du bitte das Fenster zukurbeln?«

»Mijnheer Kanonikus, wir dürfen nicht über Ihn reden, wir dürfen nicht an Ihn denken.«

»Nur beten? Richtig, richtig, Schwester Mechtild.«

»Wir müssen vergessen … alle erschaffenen Dinge.«

»Mußt du dich übergeben, Schwester?«

»Komm, lehn dich an mich. Ganz ruhig«, sagt die kleine Bertken.

»Früher, ganz früh, hat Er sich offenbart. Und daß Er mir verborgen blieb, ist meine eigene Schuld. Ich allein war die Ursache meiner Hemmnisse.«

»Richtig, richtig.«

»Dann öffneten sich die Augen meiner Seele.«

»So sind Sie im Stand der Gnade, Schwester Mechtild.«

»Nein!« Wie kommt er darauf?

»Beim Rathaus abbiegen, Arsène. Und jetzt, Schwester Mechtild, müssen wir uns von unserer besten Seite zeigen.«

Während des Empfangs halten sie meine Hände und murmeln etwas. Schwester Bertken sagt: »Benimm dich, Schwester. Noch eine halbe Stunde. Bitte.«

»Verträgt sie das Autofahren nicht?«

»In ihrem Alter.«

»Hat sie noch Visionen?«

»Stigmata?«

»Eine große Ehre, Schwester, eine Perle in der Krone des Glaubenslebens in unserem schönen Westflandern.«

»Nicht, weil Sie so alt geworden sind, obwohl auch das ein Zeichen der Gnade ist, sondern wegen Ihrer beispielhaften Gottesfurcht.«

»Wir dürfen seine Eminenz jeden Augenblick erwarten.«

»Auch andere Prominente.«

(Deinen Namen nicht verunehren.)

(Aber ehren, verehren. Sich verzehren. Tage, Nächte ohne Dich.)

(Hunger und Dunkel, das bist Du.)

»Schwester«, sagt die Stimme.

Mehr sagt sie nicht, und ich wache auf. Schwester Bertken pufft mich in die Seite und zupft mich am Gewand, weil ich einen Knicks machen soll, aber ich bleibe steif wie ein Brett, im Habit festgeschraubt, denn diese Stimme ist die Stimme meines Mannes, meines Bruders, Josef!

»Ihr Segen über uns und unser Kloster, Eure Eminenz«, sagt Mutter Oberin. »Vergeben Sie Schwester Mechtild. Ihre Gesundheit in letzter Zeit ...«

Denn ich habe geschrien, gebrüllt. Ich konnte nicht anders. Der Teufel nimmt die Gestalt derer an, die wir lieben (oder geliebt haben). Und was man liebt, muß man mit der Wurzel ausreißen.

Er räuspert sich dezent, sagt aber vertraulich, wie im Beichtstuhl oder im Bett: »Im ganzen Bistum gibt es niemanden, von dem wir jemals soviel Erbauliches gehört haben, Schwester.«

Und dann sagt er lächelnd, leutselig wie Josef in einem Lokal: »Es sind mehr Leute wegen Ihnen als wegen des Bischofs gekommen, Schwester. Und so muß es auch sein.«

Schwester Bertken, oder ist es Mutter Oberin, schubst mich von hinten, will mich umwerfen. Ich erschrecke, als es blitzt und blitzt. Es knistert, es klickt, ich spüre, daß das Licht wie eine Saite reißt, die Fotografen halten den Mund nicht, ich kann meinen wiedergefundenen Josef nicht verstehen.

Ist er weg?

»Josef!«

»Still!« sagt Mutter Oberin.

»Vielleicht ist ihr unwohl. Es ist hier ziemlich warm. Kommen Sie. Im Salon ist eine Klimaanlage.«

Jemand drückt mich in einen kühlen Ledersessel. Ich will zurück, zu meiner Pritsche, in den Kalkgeruch der Wand.

»Josef.«

Schwester Bertkens kühle, schlanke Finger schenken ein. Wenn ich in diese Finger beiße ... ich lasse es. Wenn ich hingegen in das Glas beißen würde ... ich lasse es.

»Die Verehrung des heiligen Josef« (der Kanonikus, mit schleppender Stimme, Pfefferminz) »ist etwas Eigenartiges.«

»Immerhin ist er der Schutzpatron der Kirche.«

»Der Schutzheilige Belgiens.«

»Er sorgt für einen glückseligen Tod.« (Schwester Carmen, ein junges Füllen.)

Die Stimme eines Arztes, der eine Wunde untersucht: »Ist es nicht so, daß er nach Jesu Geburt ehelichen Verkehr mit Maria hatte?«

»Das ist nicht evident«, sagt der Kanonikus.

Vor allem die Henker haben ein Recht auf Liebe. Ich sage: »Man zündet für ihn eine Kerze an am dritten Mittwoch nach Ostern.«

»Richtig, richtig.«

Dann geschieht, was nicht geschehen darf. Er nähert sich und sagt: »Erinnern Sie sich noch an mich, Schwester?«

»Ja, Bruder.«

Der Arzt, auch ganz in der Nähe, schmunzelt. »Bruder Eminenz.«

Er, er hüstelt, er raucht zuviel. Wie früher, in den vielen Zimmern unseres Hauses.

Als wir den Vulkan sahen, das schwarze Wasser.

Als er mich Wollust lehrte, in Unschuld.

Als unser Kind errettet wurde vor der Hölle dieser Welt.

»Ich habe Sie besucht.« – Du nicht, nie hast du mich besucht. Das liebe Unheil, die gräßliche Ungnade, das Glück, das Unglück ist und mich besuchte, Er ist es und kein anderer! –

»Als Sie achtzig wurden, erinnern Sie sich noch? Ich habe Ihnen damals die Medaille seiner Heiligkeit angesteckt.«

Ich nicke.

»Im *Leiebode* war damals ein schönes Foto von Ihnen beiden, Eure Eminenz«, sagt Mutter Oberin und trinkt, schluckt.

Die Schwestern lesen Zeitung heutzutage. Zu meiner Zeit, als alles still war: nur Ausschnitte über religiöse Dinge und Zeremonien.

»Ich kann mich noch sehr gut an Sie erinnern«, sage ich.

Er brummelt. Er hustet. Wendet sich ab.

»Es war in dem Jahr, als Schwester Anna Seton heilig erklärt wurde«, sagt Schwester Carmen fast unhörbar.

»Köstlich, die Petits fours.«

»Schwester, ich bin Jules Hendriks vom Katasteramt. Darf ich auf Ihre Gesundheit anstoßen, mit diesem Moncontour Vouvray? (Er schreit, als wäre ich taub.) Auf daß Ihr langes und frommes Leben noch viele Jahre währen möge.«

»Lieber nicht.«

»Wieviel wiegen Sie jetzt? Hundertundzehn? Mehr?« Doktor Steenhuizen tadelt mich. Ich höre nicht auf ihn, sagt er, ich bewege mich nicht genug. Hatte ich ihm nicht versprochen, Freiübungen zu machen, schwedische Gymnastik, zehn Minuten am Tag?

»Sie lassen sich gehen, Schwester, das ist ungesund.«

»Nein, Herr Doktor.« Ich habe es versucht, aber meine Liebe wollte es nicht. Als Er durch die geweißelten Wände meiner Zelle sah, wie ich schnaufend versuchte, meine Zehen anzufassen und dergleichen Albernheiten mehr, da lachte meine Liebe mich aus und trat mir gegen den Bauch, und ich stürzte und brach mir die Hüfte an drei Stellen.

Mein irdischer Bräutigam, mein ewiges Licht, Spion, Liebe, die mich belagert.

»Vanderveken von der Provinzverwaltung. Auf Ihre Gesundheit, Schwester.«

»Lieber nicht.«

»Ich bin Pater Angelus, Schwester.«

»Sie?«

Ein niederträchtiges Lachen. »Meine schwarzen Kinder nannten mich N'gelus. Papa N'gelus. Sie hielten mich für einen gefährlichen Mann, weil ich blaue Augen habe.«

Ich möchte mich auf den Boden legen, Kastanien essen. Schwester Bertken hält mich an der Schulter fest.

Elster. Schwarz-weißer Blitz. Das dickflüssige Wasser in meinem Schädel.

Ich schaukle, das Holz des Sessels knarrt.

»Bitte, Schwester Mechtild. Es dauert nicht mehr lange. Dann fahren wir zum Denkmal für die Gefallenen. Zur Blumenniederlegung.«

»Und dann?«

»Dann gibt es ein Essen mit dem Bürgermeister.«

Ich weine. Ich darf. Er hat gesagt: »Weint nicht über mich, weint über euch und eure Kinder.«

Schwester Carmen wischt mir das Gesicht mit einem Tuch ab.

»Still«, sagt sie, die Stille, die sonst wie ein Füllen durch die Flure springt. Sie ist ein Mädchen. Sie legt Eier, wie die Vögel, die Schlangen, die Krokodile, wie ich früher. Ich küsse ihre warme Hand, mein Mund gleitet über den Puls. Ich höre, daß sie ihre Hand trockenreibt.

»Josef«, sage ich. »Weißt du noch, wie ich mir Löcher in die Hände und Füße und die Herzgegend ritzte, mit einem Kartoffelschälmesser? Du hast mich angeschaut, als sei ich nicht ganz richtig im Kopf.

Warum bist du zurückgekommen? Um mich zu prüfen? Du, der du tot und verrottet bist, aufgenommen in Seine Arme.

Du warst wütend, mißgünstig, und zu Recht. Du

sahst es nicht, du sahst Ihn nicht, hast du gesagt. Und zu Recht. Er ist ja auch kein Mensch, man kann Ihn nicht bewundern, man kann nicht entzückt von Ihm sein, wie du es angeblich warst. Man kann Ihn nicht kennen, das hat auch der heilige Bernhard gesagt. Würde ich Ihn kennen, würde ich mich selbst kennen. Noverim te, noverim me.

Und doch ist Er mir näher als mein Nächster.«

Er hat sich nicht verändert; die abstehenden Ohren, die roten Arbeiterhände, ich kann sie sehen, wiedererkennen, als sähe ich sie. Er hat für mich gesorgt. Ja, Mama, du hast recht, das Sakrament ist gültig.

Aber nicht für mich, mit meinem widerwärtigen Hochmut, mit meinem Heuschnupfen, meiner Pest, meinem Gott.

»Schwester Mechtild!«

»Sie ist krank.«

»Oder betrunken. Von dem einen Glas!«

»Ja, Mutter. Ich bin Ihre Dienerin.«

»Ich schäme mich für dich, Schwester.«

»Das ist die menschliche Sicht, Mutter.«

»Josef, mein toter Mann von dieser Erde, es tut mir leid. Als du auf Erden warst, konnte ich es dir nie sagen.

Dreh dich nicht um. Schau nicht auf die andern, die froh sind, daß sie vor dem Juden am Kreuz knien dürfen und kein Ärgernis erregen so wie ich jetzt. Gaudete, justi!

Finde Ihn in den Bildchen zwischen den Blättern

deines Missals und sei glücklich, fang mit deiner Unsterblichkeit an wie mit einer Hausaufgabe!

Ich habe dich geliebt, Josef, so wie das Kind, das ich erwartete, als meine Brüste schon schwollen von der Milch. Aber ich habe mich für Ihn entschieden, weil ich nicht anders konnte. So wie sich das Schwein für den heiligen Antonius entschieden hat.«

Er setzt sich neben mich. Er schickt Mutter Oberin weg. Er spricht wie früher.

Versöhnung, sagt er. Oder Versuchung?

Versöhnung des Geistigen mit der Welt, der Vernunft mit dem Glauben. Den Glauben nicht wie einen schönen Zierat hinter Glas stellen.

Die drei göttlichen Tugenden dennoch im Laienkontext. Weg von der Folklore, Schwester Mechtild.

Mit den liberalen und sogar mit den jüdischen Gelehrten ein ökumenischer Prophetismus.

Jetzt erst merke ich, daß er nicht mit mir spricht, sondern mit dem Kanonikus und dem Mann vom Katasteramt. Und daß sie antworten. Der Olymp ist dem Evangelium nicht so fern.

Christus wurde schließlich mit dem Rücken zu den Juden und Arabern und mit dem Gesicht gen Norden gekreuzigt, in unsere Richtung, hin zu uns, den Flamen.

Sie hemmen meine Liebe.

Meine Sünde ist, daß ich die Gerüchte der Welt höre.

Schwestern dürfen nicht predigen oder lehren, aber mit ihren Gebeten den Männern, die dies tun, Beistand leisten.

»Josef«, sage ich, »du hast um das Kind geschluchzt. Ich auch. Nicht lange, aber lange genug. Ich wollte mich in Seine unerforschlichen Beschlüsse einmischen. Dann habe ich erlebt, wie vollkommen Seine Gerechtigkeit ist, und nun bin ich der Gegenstand Seines Willens, nichts anderes. Er kocht mich zu Brei.

Wer mich laben und trösten will, ist des Teufels.«

Was sagen sie da? Antworten sie?

»Sie wird von einer *ignorance précieuse* beschützt, Eure Eminenz.«

»Säkulare Utopien hätten auch für sie keinen Sinn.«

Sind sie betrunken? Wovon? Vouvray? Wermut? Essig?

»Nicht nur auf das eigene Subjekt-Sein Gottes bedacht sein, sondern genau ... ein solidarisches Subjekt-Sein in allen ...«

»Nicht nur den zukünftigen Geschlechtern universale Gerechtigkeit anbieten, sondern auch den Toten, den Opfern der Geschichte.«

Ich schlage die Hand der sanften Schwester weg. Ich dachte, ich sei es, die blind ist, verstockt, verschlossen, träge, fett und faul und finster, aber sie sind es!

Ich singe, und die Versammlung hält inne, der Empfang erstarrt. Ich singe aus voller Brust, ich kann weder Ton noch Takt halten, aber es schallt gegen die Wände, gegen die Pharisäer.

»Ich bin der Reiniker, ich bin der Jammrer,
ich bin die Starrheit, ich bin der Steg,
ich bin das Beben, ich bin die Gicht!«

»In dem Alter noch so munter! Das lob ich mir!«

»Die heilige Teresa war auch ein fröhlicher Mensch, vergessen Sie das nicht.«

»Die nächste Strophe, Schwester.«

Die Schwestern zischen. Der Kanonikus beschwichtigt sie, niederträchtiges, gedämpftes Gelächter. Ich sacke vornüber, bedecke meine blinden Augen.

Hilf mir nicht. Komm nicht, um mich zu beruhigen. Betäube mich nicht.

Ich strecke die Hand aus, ein Glas gleitet hinein, ich trinke es aus, beißende Kälte.

»Bravo!«

»Auf Ihre Gesundheit!«

»Was für eine Konstitution. Das kann ich Ihnen garantieren.«

Die Schwestern tuscheln und zischeln weiter. Ich richte mich auf, aber zu abrupt. Falle zurück. Schmerzen. Überall. So ist es gut.

Ich hole so tief Luft, daß es in meiner Kehle rasselt. Ich sage: »So ist denn diese meine Freude vollkommen. Ich muß noch demütiger werden.

Josef, lach nicht. Ich höre dich. Ich kenne dich. Es ist wahr, daß du mich in einem früheren Leben besucht hast, ja, als Bruder Gottes. Gib's zu, Brüderchen.

Es gab noch keine Ozeane, als es dich schon gab, stimmt's? Weder Kalender, Kreuz noch Klause, als du schon herrschtest und auch ein Gesicht der Liebe darbotest, was, Nährvater?

Jetzt zeigst du die Miene eines Buchhalters, weil diese Jahreszeit angebrochen ist, die Jahreszeit der Raupen. Weil Seelen gerettet werden müssen, wie Kapital mit Zins und Zinseszins. Berechnender! Den Menschen entdecken? Sand in die Augen!

Er braucht dich, offenbar, dein Bruder, sonst gäbe es dich nicht, elendes Stück!

Aber du hast nicht Seine Augen. Auch wenn ich sie nicht sehen kann, ich errate sie, sie wollen trösten. Ich pfeif drauf, Pfeifengott, auf deinen Augentrost.

Und deine Gaben will ich nicht. Dankbarkeit lenkt ab. Ich kann mich nicht mit so etwas Banalem wie Tugenden abgeben.

Keine Personen, keine Moden, keine Namen. Es sei denn, Namen wie Schwester Krätze, Schwester Rotz, Schwester Dreck.

Aber welche Mittel? Ohne Mittel.

Warum? Ohne warum.

Willst du ewig leben, Brüderchen? Eine griechische Vorstellung. Ach, du wolltest auferstehen, und ewig Ostereier suchen?

Tu das. Glaub an etwas so Dürftiges wie die Erlösung, den Triumph deiner irdischen Hülle.

Inkarniere, Lümmel.

Liebster Josef, wie kannst du wiederauferstehen, wie kannst du das wollen, es ist ein Verlangen nach etwas anderem als du selbst, es bedeutet, den Tod zu begehren als Erfüllung eines Begehrens, es ist geschmacklos, mein Mann.

Dein Bruder ist mein Herz, meine Eingeweide, denn ich bin zur Kreuzigung allzeit bereit. Er ist nicht gut und nicht böse, nur fordert er alles, Richter, Polizei.

Lazarus, auferstanden, starb vor Verzweiflung, weil Er nach dem Wunder in der Wüste verschwand, weil Lazarus Ihn liebte wie sich selbst. Aber Er ist kein Selbst, Er ist ein Fremder, geschlechtskrank, zahnlos, Er lacht, Er zerfällt wie ein Lepröser, Er brüllt vor Lachen, so freut Er sich über Totgeborene, Er hat keine Seele, Er kennt das Wort Seele nicht einmal, mein Bräutigam, wenn meine Seele ertappt wird im Geist und alle Sinneswahrnehmungen vergißt, prustet Er los, mein Süßes Herz, wenn ich mich drehe wie ein Rad, steckt Er einen Stock in die Speichen, Er spielt mit mir wie mit einem Ball, auch wenn Er meine Seele entblößt und ich jeden Besitz, jedes Bild, jede Form verliere, Er ist nicht das, was ich habe, sondern das, was Er in sich selbst ist und was ich werden muß, was ich nie werde,

ohne warum,

ohne Mittel, ohne Unterschied.

Und Seine Versprechen, reden wir nicht davon, Seine Lügen und Masken und Effekte und Kontraste, immer die gleichen Strophen, Singsang, ekelhaft, und wir rennen in eine Wüste, Abgrund, irren umher, in die Jauchegrube stürzen wir uns und müssen werden, was wir sind, nicht in besondere Taten dürfen wir uns stürzen. Die Ratte! Domine! Er gähnt, Er arbeitet nicht, ruht nicht,

Er gibt keine Wärme, Er hat Fischblut,

Er will Kälte, Hunger, Krankheit, Mißbilligung, Trockenheit, wie kann ich Ihm das verweigern?

Wie? Ich in meinem Trog?

Wie kann Kommunion mir schmecken? Er, Er, salzig wie Mägdekraut, bitter wie Jodtinktur, stinkend nach faulen Eiern, Er steckt in meinen Kleidern, schnarcht und tanzt,

Er ist mager, Er ist tot, Er ist mißgestaltet, und mit meiner törichten Ungeduld will ich keine Worte mehr, keine Gründe, Zeichen, Taten, Tugenden,

ich will, Domine, mißgestaltet wie ich bin nach Deinem Bilde,

trübzickig, mich rindend,

die Fratze prophetig, mit wäscherlichen Wangen, Hilfe, schmurrend, freihaft, freikantenhaft, Hilfe,

mit Lumpen, Krampen, Müren nur Ihn, Ihn, Ihn.«

(An meinen Schenkeln der lauwarme Strom.)

»Auf daß Er komme, zu mir, Sangwurm und Kakerlake, denn ich bin die Geringere, die Allergefallerstgeringerigste, ein Kontrabett, daß Er da is aber nicht doch für mich und ich drumme Prute finde Ihn nicht, Schuldiger von nachdabei, mit Eitergepickel und brackigen Kratzen an meinem Leckleib, strinkend, schmilzend in meinem inneren Schloß, meinem All, meiner Welt, ich bin zufrieden, denn Er lacht über mich, mein süßes Gift, meine Sünde.

Die Stimme des Herrn ist ein Doppelschwert, das singt, und der eine Klang ist der heilige und der andere Klang ist der des Bluts und schuldiger Substanzen.

Bandwurm, verhake dich mit deinem Kopf in mir.

Wie es dir gefällt. Betrüge mich, verrate mich weiter, oh, du Sanftheit selbst.«

Der Bischof heißt nicht Josef Malaise, sondern Alois de Tremerie. (Nach Aloisius von Gonzaga, der mit dreiundzwanzig Jahren starb, und der errötete, wenn er mit seiner Mutter allein in einem Zimmer war.)

Die Schwestern haben mich weggebracht, flennend vor Scham, mit bebenden Entschuldigungen.

Daß es eine Blasenschwäche gewesen sei. Man müsse mein Alter bedenken. Das sei doch menschlich, wurde erwidert. Der Perserteppich wurde zusammengerollt, weggetragen. Daß das eine Glas Vouvray daran schuld sei. Daß Schwester Bertken Vorsorge hätte treffen müssen, mich vor der Zeremonie zum du-weißt-schon hätte bringen müssen. Daß man den Teppich waschen und trocknen würde. Und den Geruch entfernen.

»Bringt sie weg«, sagte Mutter Oberin ergeben.

»Wohin?« – Schwester Carmen.

»Aufs du-weißt-schon.«

»Wo ist es, Ehrwürdige Mutter?« – Schwester Bertken.

»Erkundige dich.«

»Ich trau mich nicht.«

»Irgendwo dort im Gang.«

»Und wenn es nur für Männer ist?« – Schwester Carmen.

»Dann sag, es handelt sich um einen Notfall.«

»Los, komm«, sagten meine beiden Engel von Schwestern und zerrten mich hierher.

Sie warten vor der Tür.

Zeit vergeht. Auch für mich, die ich sagte, es gäbe keine Zeit, ich meinte: Zeit vergeht für uns, nicht für Ihn.

Vor der Tür beten die Schwestern. Und ihr Gebet soll das Geheimnis Seiner Macht enträtseln.

Sie beten nicht darum, gequält zu werden, sondern erlöst zu sein. Auch von mir.

Manchmal trommeln sie an die Tür, die ich abgesperrt habe.

Ich habe Schwester Bertken gebissen. In die Schulter, glaube ich, als sie mit hinein wollte, mich waschen.

Gepeinigt von allem, was Dir fremd ist, von allem, was nicht ausschließlich Du bist.

Und was das Pinkeln betrifft: Du mußt ausgießen, auf daß Du wieder gefüllt werden kannst.

Mutter Oberin kommt vor die Tür zu den beiden Schwestern. Sie hämmert und droht und brüllt und schmeichelt.

»Es ist überhaupt nicht schlimm, Schwester Mechtild. Keiner hat es gemerkt.

Du brauchst dich nicht zu genieren. Mach die Tür auf.

Und den Teppich kann man reinigen lassen. Von einem MacCleaning, mit Spezialschaum.

Willst du, daß es einen Skandal gibt, Schwester?

Ich bin wirklich nicht böse auf dich, Schwester.

Gut, wenn du bockig sein willst, dann bleib eben sitzen.

Hörst du mich? Sag: Ja, Ehrwürdige Mutter. Und jetzt komm.«

Schwester Hildegarde – »Wenn sie einen Herzanfall hat … oder so etwas.«

Mutter Oberin, todmüde. – »Die? Die ist mein Sargnagel.«

Als Antwort spüle ich.

Männer mischen sich ein. Sie wollen Schraubenzieher holen, Äxte.

Monte Calvario. Die Häuser waren mit Öllampen erleuchtet. Die Wärme dort war wie lauwarmes Wasser im Gesicht.

Kurz darauf bekam ich Gürtelrose.

Jemand. Ein kleiner Junge, der durchs Fenster kriecht. Ach, wie klein muß er sein.

Ich tu so, als ob ich es nicht merke, als ob ich schlafe, zur Schau gestellt auf der Brille.

»Hallo, Schwester.«

Er zupft mich am Ärmel. Geruch von süßem Schweiß und Gras und Zitrone.

»Ich soll nachsehen, ob du noch lebst.«

»Und was meinst du?«

»Du lachst, also lebst du.«

»Richtig, mein Kind.«

»Ich bin kein Kind.«

»Natürlich nicht. Du bist ein großer Junge.«

»Ich bin elf.«

»Ein Elf?«

»Elf Jahre alt.«

»Als Er elf war, hat Er die Schriftgelehrten durch seine klugen Fragen und Antworten verblüfft.«

»Wer?«

»Mein Mann.«

»Ich bin vom Ordnungsdienst des Katholischen Schülerbundes. Ich habe eine Armbinde um.«

»Wer hat dich geschickt?«

»Mutter Oberin. Sie glaubt, du hättest einen Herzschlag gekriegt.«

Die Nonnen vor der Tür kreischen. Ich rufe: »Ich komme gleich.«

Der Junge läßt Wasser ins Waschbecken laufen, schnaubt und schnieft.

Sagt: »Es ist das erste Mal, daß ich mit einer Nonne allein in einem Badezimmer bin.«

»Es ist noch jemand da.«

»Wer? Wo?«

»Im Himmel, auf Erden und überall.«

»Ach so, der.«

»Ja, der.«

»Aber man kann ihn nicht sehen.«

»Man kann mit ihm reden.«

»Redet er mit dir?«

»Dann wäre er ja verrückt.«

»Sollen wir gehen? Ja?«

»Nein.«

»Willst du jetzt hier wohnen?«

»Es gibt drei Dinge. Die Zeit, den Leib und die Mannigfaltigkeit. Und alle drei muß ich aus mir vertreiben. Sie wegwischen wie Staub von einer Fensterbank.«

»Davon kapier ich nichts. Das ist wie Geometrie in der Schule. Hör mal, sie sagen, du bist eine Märtyrerin.«

»Demnächst sammeln sie noch meine Zehennägel. Oder hacken mir den großen Zeh ab, als Reliquie.«

Er lacht.

Sagt: »Sie sagen, du kannst manchmal Heilige sehen.«

»Man hat mir verboten, darüber zu reden. Es wäre eine Todsünde.«

»Wer hat dir das verboten?«

»Mein Beichtvater.«

»Trotzdem hast du vorhin den heiligen Josef gesehen, sagen sie.«

»Ja.«

»Wie sieht er aus?«

(Etwas mit Stoppeln, mit Beulen an Armen und Schultern, etwas mit einer beunruhigenden Stimme, ein Werkzeug.)

(Etwas, an das ich jetzt nicht denken will.)

Ich sage: »Josef hält einen blühenden Stab in der Hand. Er gewährt uns einen glückseligen Tod. Zu seinen Füßen liegen ein Hammer, eine Säge und ein Schaf. Er ist sehr stark. Er bückt sich, hebt den Hammer auf, sucht Nägel, findet sie und geht. Und geht zu dem, der dort im Staub auf den gekreuzten Balken liegt.«

Haltet ihn auf! Zieht Josef weg!

»Wer liegt denn da?«

»Ich habe Seine Hände und Füße gesehen, die von der Sonne verbrannt sind, denn er ist so viel gelaufen, jeden Tag, im Sand von Palästina. Josef drückt einen Nagel in jede Handfläche und schlägt die Nägel mit seinem Hammer hindurch. Die Soldaten ziehen den Galgen hoch und Er, Er fällt herab, denn was wiegt Er? Sechzig Kilo, fünfundfünfzig Kilo? Seine Hände reißen. Sie müssen von vorn anfangen.

Nun schlägt Josef die Nägel durch die Handgelenke, und unter Seinen Füßen zimmert er eine Stütze.

Sein Bauch ist geschwollen wie fünf Fußbälle. Sie drücken Ihm einen Schwamm mit Essig direkt in die Augen.«

»Ich hab's im Fernsehen gesehen. Und die Soldaten nannten sich: Zenturionen.«

»Komm her.«

Arglos kommt er näher. Ich packe ihn bei den Kleidern, drücke ihn an mich, betaste seinen Mund. Er hat keine Haare über der Oberlippe. Ich lasse ihn los, er macht einen großen Satz.

»Du könntest dir ruhig mal die Fingernägel schneiden«, ruft er wütend.

Die Nonnen drängen. Hämmern. Jammern.

»Jan Verschoor, ist sie krank?«

»Krank? Sie ist stark wie ein Bär. Man wird sie tot*schlagen* müssen!«

»Jan Verschoor, was macht sie?«

»Sie sitzt auf dem Klo und heult.«

»Schwester Mechtild, komm jetzt vom Klo.«

»Schwester, denk an den Ruf unseres Klosters.«

»Jan Verschoor, mach auf.«

»Sie hat den Schlüssel.«

»Nimm ihn ihr ab.«

»Ich trau mich nicht.«

Nach einer Weile sagt der Junge: »Schwester, was du da machst, ist nicht fair.«

»Nein«, sage ich.

Der Vorhang des Tempels reißt. Die Nonnen klagen, trommeln ans Holz. Gaudete.

Klett-Cotta
Die Erzählung »Het laatste bed« erschien im Verlag De Bezige Bij

»Eeen Slaapwandeling« erschien im Verlag De Bijenkorf

»De verzoeking«, erschienen im Erzählungsband »Verhalen«
bei De Bezige Bij

Printed in Germany
Schutzumschlag: Phillippa Walz, Stuttgart
unter Verwendung eines Fotos von © Klaus Lahnstein/gettyone
Gesetzt aus der 10,5 Punkt Guardi
von Dörlemann Satz, Lemförde
Auf säure- und holzfreiem Werkdruckpapier gedruckt
und gebunden von Kösel, Kempten
ISBN 3-608-93247-X